KB121384

**로크미디어**가
유혹하는
재미있는 세상

ROK
MEDIA
로크미디어

# 천외천의 주인 18

2021년 12월 9일 초판 1쇄 인쇄
2021년 12월 14일 초판 1쇄 발행

**지은이** 한수오
**발행인** 김정수 강준규

**기획** 이기헌 왕소현 박경무 강민구
**책임편집** 오영란
**마케팅지원** 배진경 임혜솔 송지유 이영선

**발행처** (주)로크미디어
**출판등록** 2003년 3월 24일
**주소** 서울시 마포구 성암로 330 DMC첨단산업센터 318호
**Tel** (02)3273-5135 **편집** 070-7863-8596 **Fax** (02)3273-5134
**홈페이지** rokmedia.com **E-mail** rokmedia@empas.com

ⓒ 한수오, 2020

값 8,000원

ISBN 979-11-354-9405-5 (18권)
ISBN 979-11-354-8621-0 04810 (세트)

한수오 신무협 장편소설

18

천외천의 주인

| 십천세 十天勢 |

# 차례

# 거마효웅巨魔梟雄 (1)

땅거미가 지기 전인 오후였다.

정오부터 하늘이 침침한 회색으로 변하더니, 마침내 때늦은 가을비를 추적추적 뿌리기 시작했다.

그러나 설무백은 비를 피할 생각이 들지 않았다.

별다른 이유는 없었다.

굳이 이유를 대자면 이미 첫 번째 목적지로 정한 북평으로 이어진 관도에 올라섰고, 저 멀리 녹음이 우거진 산길을 앞두고 맞이한 길가의 울창한 붉은 수수밭이 마음에 들었다.

샛길로 빠지면 도심으로 이어진 황토대로(黃土大路)가 나온다지만, 지금은 이대로 붉은 수수 향내를 즐기며 걷고 싶었다.

짙은 안개처럼 소리 없이 몸을 적시는 가랑비가 오히려 시원해서 좋았다.

각박하게 살아온 시간 속에서 오랜만에 추운 겨울밤의 한 단지 화톳불처럼 따스한 여유를 즐기는 기분마저 들었다.

그러다가 그는 문득 기억났다.

"아차차······!"

설무백은 품을 뒤져서 돌돌 말린 죽지를 꺼내서 펼쳤다.

제갈명이 풍잔을 나서기 전에 그에게 건네준 죽지였다.

죽지에는 지난 일 년 사이 변화한 강호 무림에서 반향이 큰 사건 위주로 일목요연하게 기록되어 있었다.

제갈명이 설무백의 강호행에 도움을 주고자 이미 보고한 내용임에도 다시금 간략하게나마 일목요연하게 정리해서 건넨 것인데, 정작 그는 이를 확인하는 것을 차일피일 미루다가 벌써 며칠째 펼쳐 보지도 않고 있었던 것이다.

죽지를 펼친 설무백은 풍잔의 문간에서 죽지를 건네받으며 제갈명과 주고받은 대화가 문득 떠올라서 피식 웃었다.

"뭐야?"

"지난 일 년간의 강호 동향을 요약해 놓았습니다. 대외적으로 알려진 큰 사건 위주로 요약해 놓았으니 보기 편하실 겁니다."

"내가 이런 걸 만들어 주면 '이게 웬 떡이냐' 하고 받을 사람을 보였냐?"

"예."

"잘 봤다."

"……근자에 들어서 뭐든 날로 먹으려고 하시던데, 그거 습
관입니까, 버릇입니까?"

"노력이야."

"노력요?"

"변한 세상에 적응하려고. 지금 세상은 내가 알던 세상이 아
니라서 말이야."

"죄송합니다. 제가 괜한 질문을 했네요. 자, 자, 됐으니까 어
서 썩 꺼…… 가십시오!"

제갈명과의 대화를 되새겨 보던 설무백은 새삼 피식거리다
가 문득 이제 자신이 작금의 세상에 완벽하게 적응했다는 기분
이 들었다.

돌이켜 보면 세상이 변한 것처럼 그도 변했다.

여유가 생겼고, 느긋해졌다.

이제는 전생에 없던 해학도, 익살스럽고 풍자적인 말이나 행
동까지 스스럼없이 하고 있었다.

이제 그에게서는 더 이상 지난날의 매정하고 싸늘한 기운이

풍기지 않았다.

실로 그가 매정하지 않거나 싸늘하지 않아서가 아닐 수도 있었다.

이제 그는 모든 기운이 완벽하게 내면으로 가라앉아서 그 어떤 기풍이나 기세도 밖으로 드러나지 않는 경지에 도달했기 때문이다.

환란의 시대에 대한 체감이 전생의 느낌에 비해 느슨하게 다가오는 것도 어쩌면 그래서인지도 모른다.

강함은 상대적이라서 제아무리 강한 상대도 그보다 더 강한 자의 눈에는 약하게 보이기 마련이다.

따라서 전생의 그와 지금 그가 느끼는 환란의 시대에 대한 위화감이 그야말로 천양지차인 것은 실로 당연했다.

똑같다면 그게 오히려 이상한 일이었다.

그러나 그와 같은 변화와 별개로 그는 분명하고 명확하게 느낄 수 있었다.

지금의 그는 무력만이 아니라 생각하고 판단하는 이성까지도 전생의 그와 달랐다.

무언가 새로운 존재 같았다.

복수라는 감정이 흐릿해진 이유도 그 때문이었다.

아니, 정확히 말하면 복수의 감정이 흐려진 것이 아니라 복수의 개념이 바뀐 것이라고 해야겠다.

언제부터인지는 모르겠으나, 그는 매사에 일부분이 아닌 전부를 보고 있었다.

사물을 보는 시야만이 아니라 세상을 보는 시야도 그렇게 넓어졌고, 그에 따라 복수의 개념도 바뀌었다.

돌아보니 여태 자신은 칼에 찔렸다고 칼을 복수의 대상으로 삼고 있었다.

손가락으로 달을 가리키고 있는데 달이 아니라 손가락을 보는 바보짓을 하고 있었던 것이다.

그런데 이제 더는 그러지 않을 자신이 그의 가슴에 생겨났다.

그리고 그와 같은 생각의 전환, 새로운 각성은 깨달음과 같아서 그의 무공이 현재의 지평을 벗어나서 새로운 지평으로 도약하는 엄청난 기연을 추가했다.

그래서였다.

보다 더 여유가 생겼고, 보다 더 견고해졌으며, 보다 더 치밀해졌다.

지금의 그는 제대로 된 생각을 가지고 행동할 수 있는 사람이 힘을 가졌을 때, 만들 수 있는 강호 무림의 긍정적인 변화가 궁금했다.

다른 사람이 할 수 없다면 자신이 해 보고 싶었다.

만용이나 방종에 기인한 오만한 이탈 같은 것이 아니었다.

그런 감정은 다른 누구보다도 철저히 통제하며 조심하는 사람이 그였다.

사람이라면 누구나 다 가끔은 세상이 우스울 때가 있고, 그때 비로소 만용이나 방종이 생긴다는 것을, 그래서 결국 주변을 돌보지 못하고 자신마저 나락으로 떨어진다는 것을 그는 전생의 죽음을 통해서 익히 잘 알고 있었다.

지금의 그는 이제 언제든지 자신의 마음을 다스릴 수 있는 사람으로 변했다. 매순간 마음을 비우고 사물의 본질을 바라볼 수 있게 되었다.

지금도 그랬다.

죽지의 내용은 누구라도 놀랄 만한 내용으로 가득했다.

제갈명이 강호의 판도에 영향을 끼친 굵직한 사건들만 기록해 놓았던 것이다. 그러나 죽지를 훑어보는 설무백은 별다른 감정의 동요를 보이지 않았다.

이제 그는 언제나 차분하고 고요할 수 있었다.


―시월. 무림맹과 흑도천상회가 다섯 번의 회합을 가짐. 흑도천상회를 무림맹으로 끌어들이려는 무림맹의 노력으로 보이나, 득보다 실이 많은 회합이었음. 다섯 번의 회합 모두 결렬되었고, 흑도천상회는 본의 아니게 강렬한 인상을 남겨서 중립을 지키던 흑도들마저 수월하게 영입했음.

―십일월. 무림맹과 천사교의 첫 번째 교전. 호북성 중부인 의성부(宜城府) 외곽, 개활지. 양측 모두 오백여 명이 동원되었고, 각기 이백여 명의 사상자 발생. 호북성 서부로 진출하려는

천사교의 움직임을 사전에 파악한 무당파가 주도한 싸움으로 보임.

-십이월. 흑도천상회와 천사교의 첫 번째 교전. 호남성 북부 천자산(天子山). 천자산과 석문부(石門府) 일대의 천사교도들과 흑도세력간의 주도권 싸움. 이백여 명의 동원되었고, 백여 명의 사상자. 이후, 한 달여 간 중원 각지에서 흑도천상회와 천사교의 지엽적인 교전이 동시다발적으로 벌어짐.

-일월. 천사교 십이신군 중 하나가 두 사도와 다섯 명의 초혼 사자가 포함된 오백 호교 사자를 동원해서 동정십팔채(洞庭十八寨)의 총타를 급습. 총채주인 활염라(活閻羅) 구곡도(具穀道) 이하, 동정십팔채의 십대 고수 중 네 명으로 꼽히는 사대수룡(四大水龍)과 친위대 이백을 몰살시킴.

-이월. 동정십팔채의 채주 열 명이 천사교로 백기 투항하고, 아홉 명이 흑도천상회의 예하로 들어감.

-삼월. 흑도천상회의 회주인 팔황신마와 녹림십팔채의 총표파자인 산신군이 회합을 가짐. 내막은 밝혀지지 않았으나 회합의 결론은 결렬. 반목까지는 아니나, 녹림십팔채 중립 고수와 녹림성회 무기한 연기 선언.

-사월. 천사교가 전격적으로 녹림십팔채 중 하나인 산동성 서북부 량산(梁山)의 양곡령에 자리한 천부채를 급습. 천부채는 멸문에 가까운 패망함. 천부채의 채주 사검매유 분척은 막대한 상처를 입고 도주. 이후 행방불명. 녹림십팔채의 총표파자인

산신군은 천사교와의 주적으로 선언하고 결사항전을 선포.

　-오월. 녹림십팔채의 총표파자 산신군의 명령 아래 녹림십
팔채와 녹림삼십육향의 채주들 예하의 정예들을 동원해서 총
타로 집결. 일부 산채 이탈. 산신군에서 이탈한 산채들을 녹림
십팔채의 예하에서 제명함.

　-육월. 작금의 강호 무림에서 십천세(十天勢)의 일인으로 꼽
히던 황하수로연맹의 맹주 육지용왕 이차도 사망. 외부에서 침
습한 자객의 짓이라는 소문이 돌았으나, 황하수로연맹에서는
지병으로 인한 사망으로 선언. 대곤채의 채주 강상교 반효의
주도 아래 천패수룡 사망 이후 부맹주의 자리를 지키고 있던
책사인 수조일옹(垂釣一翁) 가소유(可笑柳)를 임시 맹주로 추대.

　-칠월. 월초 철혈검 남궁유아가 주도하는 무림맹의 전위대
중 하나인 천검대(天劍隊)가 천사교의 하남 지부격인 천중산(天中
山) 지부를 급습 괴멸시킴. 월말 빙녀 희여산이 주도하는 전위
대 중 하나인 지검대(地劍隊)가 안휘성 합비(合肥)에 있는 천사교
의 지부를 급습, 괴멸시킴.

　-팔월. 천사교의 반격. 천사교의 사도가 지휘하는 다수의
초혼 사자와 천사교의 정예로 꼽히는 오백 호교 사자가 운남성
의 점창파를 급습. 점창파는 장문인 소양산인(少陽山人)과 팔대
장로 중 여섯이 사망하는 등, 괴멸 수준의 피해를 입고 본청을
버림. 생존한 장로들인 점창신검(點蒼神劍) 우송(宇淞)과 사일검객
(射日劍客) 유표(柳表), 일대 제자 급풍쾌검 여진소 등이 이끄는 점

창파의 검객들이 무림맹의 총단으로 후퇴.

　-구월. 대곤채의 채주 강상교 반효가 황하수로연맹의 부맹주로 선출됨. 절강성에서 구룡산(九龍山)과 대양산(大羊山) 등지를 오가며 흑도천상회와 천사교의 지엽적인 싸움이 끊임없이 벌어짐. 하남성 중부인 허창부(許昌府)의 주도권을 두고 무림맹과 흑도천상회가 대립. 그 와중에 광동성 불산(佛山)의 광동진가가 천사교의 공격을 받음. 천사교가 패퇴해서 물러갔으나, 광동진가 역시 막대한 피해를 봄.

　-십월. 지금 현재. 중원 각지에서 지엽적인 싸움이 끊이지 않고 벌어지는 상태임. 무림맹과 천사교, 흑도천상회의 삼파전 속에 중립을 고수하는 황하수로연맹과 녹림십팔채, 장강수로십팔타의 이해관계가 얽혀서 강호 무림은 내일을 내다볼 수 없는 혼란의 도가니임. 이상!

　-추신. 현 시점에서 세인들의 관심을 가장 많이 받고 있는 것은 다음에 죽을 십천세가 누구냐는 것이고, 그다음 관심사는 과연 저들의 살수가 십천세에게만 한정되어 있을 것이냐 하는 의심임. 무슨 말인지 알아들으셨죠, 주군 나리? 비록 변방이라 조금 창피하긴 해도 주군은 엄연히 난주의 패주입니다. 십천세 다음 표적에 들어갈 수 있는 부류라 이겁니다. 이점 필히 자각하고 매사에 절대적으로 조심하세요. 아셨죠, 주군 나리? 이상 진짜 끝!

무심하게 죽지의 내용을 훑어가던 설무백은 말미에 적힌 제갈명의 추신을 읽고는 새삼 픽 웃었다.

그러고 보니 또 잊고 있었다.

대체 어떤 말하기 좋아하는 호사가가 선정했는지는 모르겠으나, 천하 십대 고수와는 별개로 작금의 강호 무림에서 가장 큰 영향력을 행사하는 열 명의 인물이 바로 십천세였다.

그리고 제갈명의 말이 의미하는 것처럼 그들 십천세 다음으로 꼽히는 강호 무림의 고수들 사이에는 엄연히 그도 포함되어 있었다.

'하긴, 그냥 그러려니 하고 가볍게 넘길 문제는 아니지.'

제갈명의 충고 아닌 충고 덕분에 절로 떠오른 죽음, 바로 십천세 중 하나였던 황하수로연맹의 맹주였던 육지용왕 이차도의 죽음을 두고 드는 생각이었다.

그럴 수밖에 없었다.

육지용왕 이차도의 죽음은 세간에 밝혀진 바와 달랐다.

정확히는 황하수로연맹에서 공표한 것과 달랐다.

이차도의 죽음은 지병으로 인한 사망이 아니라 자객의 습격이었다.

강상교 반효를 통해서 직접 전해 들은 얘기니 틀림없었다.

그리고 반효는 또 그에게 말해 주었다.

이차도의 죽음을 지병으로 인한 사망으로 선포한 이유는 황하수로연맹 내부에 적과 내통한 자가 있기 때문이라고 말이다.

그래서 가볍게 넘길 수 없었다.

오래전부터 강상교 반효가 부맹주의 자리에서 치밀하게 살핀 황하수로연맹의 내부에 적과 내통하는 간자가 있다는 것은 다른 그 어떤 세력도 결코 다르지 않다는 것을 의미하기 때문이다.

'우선은⋯⋯!'

설무백이 앞으로의 행보를 점검하려고 제갈명의 추신을 읽으며 절로 드리워졌던 입가의 미소를 지울 때였다.

예기치 않은 방해자가 나타났다.

"어이, 거기 백발의 젊은 형 씨? 뭐가 그리도 재밌나?"

사내들의 존재는 이미 알고 있었다.

저만치 떨어진 관도의 측면, 야트막한 언덕의 비탈에 자라난 나무그늘에 앉아서 쉬고 있던 십여 명의 사내들이었다.

잠시 가던 길을 멈추고 비가 그치기를 기다리는 보부상(褓負商)들인 줄 알았는데, 그게 아니었다.

설무백 일행이 다가가자 동시에 일어나서 관도를 막아서는 그들, 사내들의 허리와 어깨 너머로 칼 손잡이가 도드라져 보였다.

특히 설무백에게 시비조로 말을 건넨 사내는 인상부터 삭막했고, 보란 듯이 손에 들고 흔드는 무기가 홍두깨만 한 방망이에 수십 개의 못을 거꾸로 박아 놓은 거치봉(鋸齒棒)이라 흉악함을 더하고 있었다.

딱 '내 성질 건드리면 죽어'라고 온몸으로 외치는 것 같은 사내인 것이다.

그러나 설무백 등은 그런 눈에 보이는 흉포함에 주눅이 들거나 겁을 먹을 사람이 아니었다.

설무백은 그저 '뭐지?' 하는 어리둥절한 표정을 지으며 손가락으로 귀밑머리를 긁었다.

풍잔을 등지고 난주를 떠난 지 열한 번째 낮이 지나고 있었다.

감숙성을 벗어나고 섬서성의 허리를 가로질러서 산서성의 중부를 비스듬히 사선으로 보고 북쪽을 향해 거스르는 시점이었다.

엊그제 산서성의 성도인 태원부(太原府)의 북쪽 외곽을 지났으니, 지금 저 멀리 검푸르게 너울진 능선은 아마도 산서성의 북동부에 자리한 오태산(五台山)의 그림자일 것이다.

"오태산이 저긴데 여기에 이따위 산적이⋯⋯?"

'이따위'라는 의심이 절로 수밖에 없는 것이 사내들이 전부 다 하수였기 때문이다.

설무백은 수중의 죽지를 품에 갈무리하며 곁에 서 있는 공야무륵에게 시선을 주었다.

공야무륵이 멋쩍은 표정으로 뒷머리를 긁적이며 고개를 숙였다.

"죄송합니다. 염탐꾼도 없고 해서 이런 놈들이 아닌 줄 알았

천하제의
주인

습니다."

특정 지역에 터를 잡고 오가는 길손을 터는 산적이나 마적
은 사전에 염탐꾼을 배치하는 것이 기본이었다.

실제로 지난 십여 일 간 마주친 다섯 번의 산적들이 다 그랬
다.

결국 그에 비추어 보면 지금 이 사내들은 산적이나 마적이
아닌 그저 뜨내기 날강도라는 것이었다.

설무백은 그런 생각을 가지고 확인했다.

"나도 그랬어. 그보다 저기 저 오태산이 녹림십팔채의 하나
인 호골채(虎骨寨)의 본거지로 아는데, 애들이 어떻게 여기서 영
업을 하는 거지?"

공야무륵이 대수롭지 않게 대답했다.

"그건 이 녀석들이 최소한의 상도의도 없는 날강도라는 뜻이
겠죠."

설무백은 질문의 의도를 제대로 파악하지 못하는 공야무륵
을 쳐다보며 쓰게 웃었다.

"내가 미안하다."

그리고 재우쳐 물었다.

"어떻게 생각해?"

암중의 혈영에게 던지는 질문이었다.

암중의 혈영이 대답했다.

"공야 형의 말도 일리는 있네요. 하지만 그보다는 호골채의

위상이 예전만 못해졌거나, 아니면 호골채의 채주인 호아도(虎牙刀) 이척(李倜)이 산채를 버리고 녹림 본산으로 합류했을 가능성이 더 높을 것 같습니다."

설무백은 고개를 끄덕이는 것으로 혈영의 말을 수긍하며 거치봉의 사내에게 시선을 주었다.

이래저래 날강도들로 결정 난 사내들의 선봉인 거치봉의 사내가 그의 시선을 마주하기 무섭게 위협적으로 흔들던 수중의 거치봉을 슬며시 내리며 눈치를 보았다.

기실 거치봉의 사내는 자신의 위세에 겁을 먹기는커녕 대답도 없이 자기들끼리 태연하게 대화를 나누는 설무백과 공야무륵의 태도에 화가 나서 아주 본대를 보여 주려고 나서던 참이었다.

그런데 난데없이 어디선가 혈영의 목소리를 들려왔던 것이다.

귀신처럼 사람의 모습은 보이지 않고 말이다.

그래서였다.

거치봉의 사내는 약삭빠르게 순둥이로 변했다.

설무백과 공야무륵을 알아볼 눈은 없었지만, 그런 식의 상황을 연출할 수 있는 것은 무림 고수밖에 없다는 것을 알 정도의 눈치는 그에게도 있었던 것이다.

그러나 다른 사내들은 그만큼의 눈치가 없었다.

아니, 어쩌면 암중에서 들려온 혈영의 목소리를 설무백이나 공야무륵의 입에서 나온 것으로 착각한 것인지도 모른다.

거치봉의 사내가 수중의 거치봉을 내리며 고분고분해지는 그 순간, 배불뚝이 사내 하나가 두 눈에 악을 쓰고 나섰다.

"아니, 이것들이 같잖게 어디서 족보를 팔려고 들 지랄이야? 오태산의 호골채를 모르는 사람이 있을까 봐 그래?"

"저기……!"

거치봉의 사내는 하필이면 눈치 없이 나선 배불뚝이 사내가 자신보다 선배인데다가, 평소 성질이 더러워서 말도 자주 섞지 않던 사람이라 적극적으로 막아서지도 못하고 슬쩍 소매를 잡으며 말리려 들었다.

배불뚝이 사내가 그런 그의 손길을 세차게 뿌리치며 면박을 주었다.

"이제 넌 빠져! 요즘 제법 강단을 부리기에 앞에 세웠더니만, 오늘은 왜 그리 병신처럼 어리바리야?"

"아니, 그게 아니라……!"

"닥치고 빠지라니까?"

배불뚝이 사내가 흉흉하게 거치봉의 사내를 내치며 더 나설 기회도 주지 않고 외면하더니 설무백 등을 향해 말했다.

"얘들아, 살점이 발려서 죽고 싶지 않으면 잘 들어. 딱 한 번만 말할 테니까, 알았지?"

설무백과 공야무륵이 그의 말에 대답할 리는 없었다.

배불뚝이 사내는 그런 그들의 태도가 겁을 먹었기 때문이라고 생각했는지 그저 씩 웃으며 재우쳐 소리쳤다.

"지금 그 자리에 그대로 서서 몸에 걸치고 있는 거 전부 다 바닥에 내려놓고 뒤로 물러난다. 특히 너!"

배불뚝이 사내의 손가락이 설무백을 가리켰다.

"아까 품에 숨긴 그거 봤으니까 숨기지 말고 내려놔라. 다들 실시!"

설무백이 품에 넣은 죽지를 무언가 감추고 싶은 귀중품이라도 된다고 오해한 것 같았다.

설무백을 바라보는 배불뚝이 사내의 두 눈에서 탐욕이 흘러넘쳤다.

"야, 너! 감히 이분이 누군 줄 알고……!"

공야무륵이 벌컥 화를 내며 앞으로 나서다가 이내 손을 내 젓고는 그 손으로 허리에서 도끼를 꺼내들었다.

"관두자, 너 따위가 뭘 알겠냐. 귀찮으니까 그만 까불고 그냥 이리 와라."

배불뚝이 사내가 흠칫하면서도 동료들의 눈을 의식한 듯 어깨를 펴고 수중의 칼을 쳐들며 눈을 부라렸다.

"이게 호랑이 간을 삶아먹었나, 죽고 싶으면 그냥 곱게 죽고 싶다고 말할 것이지, 어디서 건방지게 오라 마라야! 정말 육포가 되고 싶어서 그러지 네가?"

포악한 말과 달리 선뜻 앞으로 나서지 못하는 것은 아무렇지도 않게 뚜벅뚜벅 다가서는 공야무륵의 기세에 눌려서일 것이다.

거치봉의 사내가 그 순간 소리쳤다.

"고수라고요! 큰 누님[一姐]과 같은 무림의 고수!"

그 소리에 배불뚝이 사내와 손에 침을 뱉으며 그 뒤를 줄줄이 따르던 사내들이 그대로 돌처럼 굳어져 슬며시 거치봉의 사내를 돌아보았다.

거치봉의 사내가 '정말 믿어라, 믿지 않으면 큰일 난다'는 표정으로 목이 부러질까 걱정될 만큼 빠르게 고개를 끄덕였다.

배불뚝이 사내가 말을 더듬었다.

"저, 정말이냐?"

거치봉의 사내가 대답 대신 두 눈이 튀어나올 것처럼 크게 떴다가 이내 질끈 감았다.

배불뚝이 사내 등은 뒤를 돌아보고 있어서 보지 못했지만, 묵묵히 그들에게 다가서던 공야무륵이 순간적으로 하늘 높이 도약했다가 먹이를 노리는 매처럼 떨어지며 수중의 도끼를 내려치고 있었다.

배불뚝이 사내 등이 거치봉의 사내가 드러낸 반응을 보고서야 무언가 무지막지하고 무시무시한 것이 자신들을 향해 엄습하고 있음을 느끼고 반사적으로 고개를 돌렸다.

그리고 누가 먼저랄 것도 없이 동시에 거치도의 사내처럼 질끈 눈을 감아 버렸다.

저 높은 하늘에서부터 떨어지는 공야무륵의 도끼가 그들 모두의 눈에는 집채만큼 거대하게 보였기 때문이다.

온몸으로 전해지는 압력과 기세가 일으킨 착각이었다.

저 거대한 도끼에 찍힌다면 뼈를 추리기는커녕 절구에 빻아진 어육처럼 변해 버릴 것이라는 공포가 그들의 정신을 마비시켰다.

때를 같이해서 벽력과도 같은 폭음이 터지며 땅이 진동했다.

쾅—!

"으아아악!"

배불뚝이 사내를 비롯한 사내들 모두가 비명을 지르며 나자빠졌다.

그러다가 놀란 마음에 절로 열린 시야로 자기들이 멀쩡하다는 것과 바로 앞의 관도가 한 자루의 도끼에 찍혀 마치 지진이 난 것처럼 길게 갈라져 나간 사실을 발견하고는 새삼 기겁하며 손으로 비명이 터져 나오려는 자신들의 입을 틀어막았다.

그랬다.

광야무륵의 도끼는 그들이 아니라 그들 앞의 관도를 찍었다.

천하의 그 누구 못지않게 과격한 공야무륵도 괭이를 들고 밭이나 매던 손에 칼을 들고 나선 것 같은 허접때기 하수들에게 차마 살수를 펼칠 수는 없었던 것이다.

"어이구, 이것들을 그냥……!"

공야무륵은 '이것들을 죽여 살려'라는 표정으로 한차례 으르렁거리고는 관도를 길게 갈라놓은 도끼를 뽑아서 허리에 갈무리하며 설무백을 바라보았다.

사내들의 처분을 물어보는 눈빛이었다.

설무백은 가만히 손을 내밀어서 눈치를 보는 사내들 중 하나, 가장 눈치가 있어 보이는 거치봉의 사내를 향해 손가락을 까딱였다.

"이리 와 봐."

거치봉의 사내가 흠칫 놀래서 손에 들고 있던 거치봉을 등 뒤로 숨기고 다른 한손을 가슴에 얹으며 말을 더듬었다.

"저, 저 말입니까?"

"그래, 너."

"왜 저를……?"

거치봉의 사내가 움츠러들었다.

공야무륵이 눈을 크게 부라렸기 때문이다.

설무백은 슬쩍 손을 들어서 공야무륵을 막고 말했다.

"몇 가지 물어볼 게 있어서 그래. 있는 그대로 솔직하게만 대답하면 별일 없을 테니 안심해."

거치봉의 사내가 그제야 앞으로 나섰다.

안심하라는 얘기를 들었음에도 두들겨 맞고 도망쳤다가 다시 잡혀서 끌려가는 개처럼 잔뜩 겁에 질린 표정인 채로 자라목을 하고 있었다.

설무백은 그럴 필요 없다는 눈치를 주며 말했다.

"너희들이 먹고살기 어려워서 나선 토비(土匪)라는 거 안다.

그러니 그리 겁먹을 필요 없어."

사실이었다.

설무백은 첫눈에 사내들이 농사를 짓다가 괭이를 버리고 칼을 뽑아 든 토비들임을 알아보았다.

기실 초비(草匪)니, 토비니 하는 따위의 비적(匪賊)들은 심산유곡(深山幽谷)이나 홍수가 나기 쉬운 큰 강의 어귀 등, 험난하고 고립된 환경에서 가끔 생겨나는 것이 그간의 상식이었으나, 요즘은 그렇지가 않았다.

요즘은 중원 어디를 가도 토비가 들끓었다.

오랜 가뭄으로 경작할 땅이 메마르자, 마땅히 경제활동을 할수 없는 농민들이 기근(飢饉)에 허덕이다 못해 너도나도 괭이 대신 칼을 들고 나서고 있었다.

고래로부터 오랜 가뭄 때문에 기근과 기아(飢餓)가 산발적인비적 활동을 야기하긴 했으나, 요즘은 그 정도가 매우 심했다.

하다못해 농사를 지으면서 시시때때로 부업으로 칼을 들고 나서는 농비(農匪)도 아주 흔했고, 병영을 탈출한 병비(兵匪)도 심심치 않게 출몰하는 것이 요즘의 상황이었다.

그도 그럴 것이, 강호 무림은 전에 없이 극심한 혼란의 도가니였고, 황궁은 무리하게 젊은 농민들의 징집을 강행해 민초들의 기근과 기아가 더욱 심각한 지경에 달했기 때문이다.

일각에서는 이러다간 대대적인 봉기(蜂起)가 일어날 수도 있다는 우려도 있으나, 안타깝게도 강호 무림과 황궁은 그와 같은 세간의 상황에 신경 쓸 겨를이 눈곱만큼도 없었다.

강호 무림은 강호 무림대로, 그리고 황궁은 황궁대로 그보다 더 중요하다고 생각하는 존립의 문제에 당면해서 주변을 살피는 것만으로도 버거웠기 때문이다.

설무백은 그런 생각을 하며 거치봉의 사내의 쭈뼛거림을 보고 있자니 실로 측은한 마음이 들었다.

그래서 한마디 위로라도 해 주고 싶었으나, 그랬다간 그의 생각과 무관하게 거치봉의 사내가 더욱 쪼그라들 것 같아서 그냥 본론으로 들어갔다.

"이름?"

"유걸(劉傑)입니다."

"좋아, 유걸."

설무백은 잘라 물었다.

"대체 호골채에 무슨 일이 있는 거지?"

오태산에는 녹림십팔채의 하나인 호골채가 있고, 설무백 등이 토비들과 마주친 관도는 오태산 자락과 그리 멀리 떨어지지 않은 장소다.

만약 호골채에 아무런 문제가 없다면 자신들의 대문 앞에서 영업하는 토비들을 그냥 가만히 내버려둘 리 만무했다.

설무백이 호골채를 언급한 이유가 바로 그 때문이었다.

그런데 거치봉의 사내, 유걸이 털어놓은 대답은 참으로 황당하기 짝이 없는 것이었다.

"저기, 호골채가 오태산 계월령(桂月嶺)에 있던 녹림 산채를 말하는 거라면 그들은 더 이상 오태산의 주인이 아닙니다."

"어째서?"

"지금 오태산의 주인은 우리입니다. 벌써 한 달도 넘은 일인데, 우리가 그자들을 내몰고 오태산을 차지했거든요."

"……?"

설무백은 하도 어처구니가 없어서 일순 말문이 막혔다.

무슨 말이 안 되는 소리를 해도 유분수지, 녹림십팔채의 하나인 호골채를 내공 하나 변변치 못한 토비의 무리가 내쫓았다는 것이 어디 가당키나 하단 말인가.

그런데 참으로 묘했다.

아무리도 봐도 유걸은 거짓을 고하는 것으로 보이지 않았다.

있는 그대로 솔직하게 얘기하는 순진무구한 눈빛이었다.

설무백이 '대체 이건 뭐지' 하는 그 순간, 유심히 살펴보는 그의 시선이 부담스러웠는지 다시금 자라목이 되어 버린 유걸이 오해하지 말라는 표정으로 서둘러 손사래를 치며 감추어진 내막을 밝혔다.

"아, 저기 우리가 모시는 큰 누님, 일매(一姝)가 있습니다. 당시 거기 산채에 남은 인원이 몇 되지 않았지만, 그마저 우리는 일매의 덕을 봤을 뿐입니다. 일매 혼자서 놈들을 죄다 처리했거든요."

설무백은 이제야 아까 유걸이 배불뚝이 사내를 막으려고 일매를 운운하며 소리친 것이 떠올랐다.

"아까 네가 무림 고수라고 했던 그 여자?"

"예."

"어느 정도냐?"

"예?"

"그 여자가 어느 정도나 되는 고수냐고. 그러니까 나와, 아니, 아까 저 친구 봤지? 저 친구와 비교하면 어때?"

설무백은 손짓으로 공야무륵을 가리키며 묻고 있었다.

유걸이 대놓고 쳐다보기는 두려운지 은근슬쩍 공야무륵을 일별하며 대답했다.

"대충 비슷할 걸요 아마?"

공야무륵이 헛웃음을 흘리고는 크게 부릅뜬 두 눈으로 유걸을 노려보며 콧김을 뿜어냈다.

일개 토비들의 두목인 여자가 자신과 비슷한 고수라는 말을 듣자 부아가 치미는 모양이었다.

설무백은 슬쩍 손을 들어서 공야무륵을 막고는 얼어붙어 꼼짝도 못하는 유걸을 돌려세우며 물었다.

"다시 잘 보고 대답해라. 그녀가 저런 것을 할 수 있다는 거냐?"

조금 전 공야무륵의 도끼질에 깊은 고랑처럼 끊어져 나간 관도를 유걸에게 보여 준 것이다.

유걸이 다시 잘 볼 필요도 없다는 듯 건성으로 쳐다보며 대답했다.

"당연하죠. 요즘은 잘 안 보여 주지만, 전에는 저것보다 더한 것도 본 적이 있습니다."

설무백은 대번에 마음을 정했다.

"앞장서!"

그는 유걸의 등을 떠다밀며 말했다.

"산채로 가자!"

유걸은 두 말없이 앞장서서 길을 안내했다.

배불뚝이 사내를 포함한 토비들도 묵묵히 그의 뒤를 따랐다.

설무백은 그들의 표정과 태도를 보고 내심 고소를 금치 못했다.

순진하다고 해야 할까, 아니면 아직은 때가 덜 탔다고 해야할까?

앞서는 유걸이나 뒤따르는 십여 명의 토비들이나 하나같이 감정을 숨기지 못하는 얼굴이었다.

'산채로 가면 우리는 살고, 너희들은 죽는다'라는 기쁨의 감정이 그들 모두의 얼굴에 드러나 있었다.

설무백의 호기심은 그래서 더욱 극대화되었다.

그들의 태도는 유걸의 말마따나 일매라는 여자가 그만큼 고수라는 방증이었기 때문이다.

'그런 여고수가 왜 이런 토비들을……?'

천외천의
주인

설무백은 이젠 정말 뭐가 뭔지 이제 예상할 수도 없었다.

정황상 일매라는 여자가 호골채를 공격했을 때, 호골채의 정예들은 녹림 본산으로 빠져나가 있었을 가능성이 매우 높았다.

하지만 그럼에도 불구하고 그녀가 호골채의 차지했다는 것은 믿기 어려울 만큼 대단한 일이었다.

이유 여하를 불문하고 산채를 통째로 비우는 산적은 없기 때문에, 그녀가 호골채를 차지했다는 것은 호골채에 남아 있는 적잖은 산적들을 혼자서 처리했다는 뜻이었다.

그래서 이해가 되지 않았다.

요즘 같은 세상에 그런 여고수가 어디 할 짓이 없어서 비렁뱅이와 다름없는 토비들의 대장 노릇이나 하고 있는 것일까?

설무백은 도저히 그 해답을 찾을 수가 없었고, 답답한 마음에 절로 유걸을 재촉해서 발걸음을 서둘렀다.

그런데 과연 그랬다.

오태산이 가진 열세 개의 고개 중에서 가장 평탄하고 사람의 왕래가 잦다는 계월령의 기슭에 자리 잡은 산채, 호골채에 도착한 설무백은 실로 꿈에도 예상하지 못할 사람과 조우하게 되었다.

바로 검후였다.

산채의 후미와 가까운 장소에 자리한 전각이었다.

산채에 남은 패거리들이 있었으나, 유걸 등의 재빠른 조치로 별일 없이 산채의 대문을 통과한 설무백이 하나둘씩 늘어나는 사람들을 꼬리에 매달며 도착한 장소가 그곳이었다.

거기 그녀가 있었다.

전각의 이 층, 실내에서 직접 밖으로 나갈 수 있도록 꾸며 놓은 공간에 서 있던 그녀가 그와 시선을 마주쳤다.

그녀는 전과 달리 테두리에 검은 면사를 늘어트린 죽립을 쓰지 않고 있었지만, 그는 중원의 의복과 이질감을 주는 잿빛 화복과 더불어 그저 쳐다보는 것만으로도 살 떨리게 예리한 특유의 눈빛으로 인해 첫눈에 알아볼 수 있었다.

검후였다.

"……!"

"……!"

설무백은 절대 이루어질 수 없다고 생각한 상황에 직면한 사람이 다 그렇듯 너무 놀라고 당황한 나머지 한동안 입이 떨어지지 않았다.

그저 놀라고 당황한 눈으로 멀거니 바라만 보고 있었다.

검후도 그와 같은 감정에 휩싸인 것 같았다.

그저 커진 두 눈으로 바라볼 뿐, 아무런 말도 하지 않았다.

먼저 정신을 차린 것은 설무백이었다.

"이렇게 또 만나게 되는구려. 아무래도 우리는 보통 인연이 아닌 것 같소."

설무백이 애써 웃는 낯으로 인사를 건네자, 검후가 슬쩍 뒤쪽으로 손을 뻗었다.

허공섭물을 펼친 것이다.

안쪽에서 두둥실 날아온 한 자루의 검이 그녀의 손에 잡혔다.

그와 동시에 그녀가 이 층의 난간을 훌쩍 뛰어넘어서 설무백의 면전으로 내려서며 말했다.

"과연 그런 것 같네요. 비록 악연이긴 하지만요."

"악연……?"

설무백은 심각해지기보다는 그저 어리둥절해서 그녀를 바라보았다.

그린 듯이 짙은 눈썹에 동그란 두 눈과 바르게 균형 잡힌 코, 작약처럼 붉고 작은 입술이 빚어내는 절묘한 조화가 그의 시선을 잡아끌었다.

검후는 숱한 미녀가 주변을 맴도는 그의 눈에도 참으로 매혹적으로 보이는 얼굴의 여자였다.

반면에 검후는 어디까지나 냉정하게 말했다.

"내 탓이 아니에요. 당신 탓이지. 당신이 왔으니까."

설무백은 자신을 가리키는 검후의 검극을 보며 눈살을 찌푸렸다.

"나는 당신과 싸우려고 여기에 온 것이 아니요. 그저 우연일 뿐이지."

검후가 냉담하게 고개를 저었다.

"그건 중요하지 않아요. 당신이 여기 와서 나를 봤다는 게 중요할 뿐이지. 나는 내가 여기서 머무는 것을 다른 사람에게 알리고 싶지 않거든요."

말을 끝맺은 그녀가 검극을 까딱이며 경고를 덧붙였다.

"어서 무기를 들어요. 대비하지 않는 상대를 죽이고 싶지는 않네요."

설무백은 난색을 띠었다.

비록 짧은 순간이었으나, 이제는 검후가 왜 이렇게 포달스럽게 나서는지 알 수 있었기 때문이다.

그때 공야무륵이 슬쩍 앞으로 나섰다.

"제가……."

설무백은 공야무륵을 막으며 물었다.

"왜 네가?"

공야무륵이 쌍 도끼를 뽑아 들고 검후를 주시하며 대답했다.

"전에 그러셨잖아요. 최소한 저 여자가 동귀어진을 각오해야 덤빌 수 있을 정도까지 강해지라고요. 이제 그 정도가 된 것 같아서 보여 드리려고요."

저 여자라는 말이 기분이 상한 것일까?

아니, 그보다는 자신을 만만하게 보는 공야무륵의 태도에 분노한 것일 터였다.

검후가 한 꺼풀 서리가 내려앉은 얼굴로 변해서 공야무륵을 향해 검극을 돌렸다.

"꿈을 꾸는 모양인데, 꿈을 현실로 만드는 가장 좋은 방법이 무엇인지 아세요? 그건 바로 꿈에서 깨어나는 거예요. 제가 도 와드리죠. 그 꿈에서 깨어나도록!"

"기대하지!"

공야무릭이 짧게 대꾸하고는 앞으로 나아갔다.

아니, 나아가려 했다.

하지만 그는 앞으로 나아갈 수 없었다.

설무백이 어느새 그의 어깨를 잡고 있었다.

"아니, 왜……?"

설무백은 돌아보며 눈을 끔뻑이는 공야무릭을 향해 무심히 고개를 저었다.

"지금 말고 나중에."

감히 누구의 명령이라고 거역할 것인가.

공야무릭은 잔뜩 실망한 표정이었지만 군소리 없이 물러났 다.

검후가 그 모습을 보고는 한숨을 내쉬며 설무백에게 시선을 돌렸다.

"사람을 참 피곤하게 만드는 재주가 있네요. 어차피 순서만 다를 뿐이니, 잠시 차례를 기다리면 되는데 말이죠."

그들 둘 다 살려 둘 생각이 없다는 선언이었다.

설무백은 도통 모르겠다는 표정으로 그녀를 쳐다보며 물었 다.

"왜 그래야 하는데?"

"말했잖아요. 나는 내가 여기서 머무는 것을 다른 사람에게 알리고 싶지 않다고."

"그거야 내가 그냥 입을 다물면 되는 일이잖아?"

"산 자의 입은 믿기 어려워요. 죽은 자와 달리 자주 열리거든요."

냉정하게 말을 자른 검후가 더 이상의 대화는 귀찮다는 듯 수중의 검극을 길게 뻗어서 수평으로 만들었다.

검극에서 살기가 피어나고 있었다.

"마지막 기회예요. 무기를 들어요."

설무백은 앞서 공야무륵에게 했듯 무심하고 무덤덤하게 고개를 저으며 어깨를 으쓱였다.

"나는 아니, 우리는 당신하고 싸우지 않을 거야. 상처 입은 짐승을…… 아니, 여자를 두고 짐승이라는 표현은 좀 그렇군. 아무튼, 지금의 당신과 싸우는 건 썩 내키지 않아."

검후의 안색이 급변했다.

폐부를 찔린 표정이었다.

실로 그랬다.

지금의 그녀는 상당한 내상을 입은 상태였고, 설무백은 첫눈에 그와 같은 상태를 알아보았던 것이다.

설무백은 그녀의 변화에 상관없이 주변의 경관을 둘러보고는 가만히 고개를 끄덕이며 중얼거렸다.

"녹림 산채를 피신처로 택하다니, 제법 머리를 썼군."

검후가 보란 듯이 사나워져서 매섭게 쏘아붙였다.

"당신들을 살려 둘 수 없는 이유가 하나 더 늘었네요."

설무백은 아무렇지도 않게 그녀를 쳐다보며 빙그레 웃다가 불쑥 반말로 물었다.

"내가 그렇게 만만해 보여?"

검후가 서릿발처럼 차갑게 매서운 굳어진 눈초리로 그의 시선을 마주했다.

그러다가 이내 매우 못마땅한 표정을 짓더니 소리 없는 침음을 흘렸다.

도무지 모르겠다는 기색이 엿보이는 태도였다.

설무백은 그러거나 말거나 불쑥 자신의 생각을 드러냈다.

"상대는 검군?"

검후의 안색이 새삼 일변했다.

설무백은 빙그레 웃으며 고개를 끄덕였다.

"혹시나 했는데, 역시나 그들 일행에게 따라잡혔나보군. 그럼 남여를 들던 친구들도 그들에게 당한 건가?"

검후의 눈빛이 한층 더 흉흉해졌다.

설무백을 가리키고 있는 그녀의 검극에서 엉클어진 실타래처럼 보이는 검기가 줄기줄기 뻗어지고 있었다.

"당신에게 흥미가 생기네요."

검후가 삐딱하게 바라보며 재우쳐 물었다.

"당신, 도대체 누구죠?"

설무백은 짐짓 어이없다는 표정으로 반문했다.

"이제서?"

검후가 수중의 검극을 살짝 쳐들며 대단히 냉정하게, 그래서 더욱 위협적으로 들리는 목소리로 대꾸했다.

"당신이 내게 그런 말을 해도 괜찮은 사람이라고 인정되면 어디 한번 당신의 제안을 심각하게 고려해 보도록 하지요."

설무백은 새삼 어깨를 으쓱이며 말했다.

"내가 누군지 밝히는 건 그리 어려운 일이 아닌데, 당신은 나를 인정하고 내 제안을 고려할 것이 아니라, 내게 부탁을 해야 할 것 같은데?"

검후가 고개를 갸웃거리며 미간을 찡그렸다.

"그게 무슨 소리죠?"

설무백은 짧은 한숨과 함께 대답했다.

"아무래도 당신, 또 따라잡힌 것 같아서."

검후가 대체 그게 무슨 말이냐는 표정을 짓다가 이내 안색을 굳혔다. 뒤늦게 그녀도 느낀 것이다.

상황이 드러난 것은 바로 그때였다.

어디선가 들려온 굵은 저음의 목소리와 함께 한줄기 바람이 장내로 불어왔다.

"젊은 친구 이목이 대단하군. 과연 그날의 내 안목이 전혀 틀리지 않았음이야."

불어온 바람이 멈춘 곳은 바로 그들, 설무백과 검후의 측면으로 서너 장도 안 떨어진 곳이었다.

　거기서 초로 하나가 귀신처럼 홀연히 모습을 드러냈다.

　마치 잘 벼려진 한 자루의 검처럼 느껴지는 노인, 바로 북산 현하각의 주인이라는 적용일문이었다.

거마효웅巨魔梟雄 (2)

설무백은 첫눈에 적용일문을 알아보았다.

사실을 말하자면 저 멀리서 빠르게 다가오던 기척이 지근거리에 이르러서 잠시 멈칫하는 순간부터 상대가 적용일문이라고 직감하고 있었다.

지난날 검후가 떠난 자리에서 그가 우연찮게 만났던 적용일문 등 태현문의 제자들은 매우 인상 깊어서 그의 뇌리에 각인되어 있었다.

설령 그들이 사대신비검문으로 불리는 남북쌍각과 동천서지의 하나인 북산현하각의 일맥이 아닐지라도 그는 그들을 절대 잊지 않았을 터였다.

조금 전 검후의 내상을 인지한 그가 대번에 그들, 적용일문

등의 존재를 떠올린 것도 바로 그 때문이었다.

그래서였다.

설무백은 기분이 묘했다.

적용일문 등에게, 특히 어쩌면 북산현하각이 배출할 검군으로 주목되는 장님 검객, 적용사문에 대한 호감이 남달라서 그랬다.

지금 그는 적용일문이 결코 좋은 감정으로 상처 입은 검후의 뒤를 추종한 것이 아니라는 사실을 직감한 것이다.

'중도(中道)!'

설무백은 찰나지간 마음을 다잡으며 적용일문을 맞이했다.

"세상 참 좁네요. 이렇게 또 만나게 되네요. 반갑습니다, 노인 어른."

"그러게 말이오. 인생하처불상봉(人生何處不相逢)이라더니. 이런 곳에서 소협을 만나게 될 줄은 정말 상상도 하지 못한 일이오. 허허……!"

적용일문은 못내 난감하다는 기색이었다.

백발로 변한 설무백의 머리를 보고 묘하다는 눈치를 보이긴 했으나, 그보다 설무백의 존재 자체가 더 신경 쓰이는 듯했다.

설무백은 그 모습을 보고서 어쩌면 적용일문도 자신과 같은 기분일 수도 있겠다는 생각이 들어서 한층 더 묘한 기분이 되었다.

하지만 냉정을 잃지는 않았다.

지난날 적용일문을 만났을 때의 기억이 뇌리를 스쳐서 더욱 그랬다.

처음에는 하대를 하다가 나중에는 평대와 존칭을 섞어서 쓰는 것이 적용일문의 대화법이었다.

의도한 것인지 아닌지는 모르겠으나, 이건 매우 일반적이지 않은 대화법이라 그는 아직도 똑똑히 기억하고 있었고, 그와 더불어 이 사람은 쉽게 판단할 수 없는 별종이라는 느낌을 지니고 있었다.

대다수의 별종은 감당할 수 있든지 없든지 간에 결코 쉬운 상대는 아니라는 것이 그의 관념이었다.

설무백은 그런 생각으로 슬쩍 찔러 보았다.

"근데, 오늘은 아우님들과 동행하지 않으셨네요?"

적용일문이 슬쩍 검후를 일별하며 대답했다.

"사정이 좀 있어서 잠시 따로 움직이고 있었소. 하지만 오는 길에 흔적을 남겨 두었으니 곧 도착하리라 보오."

설무백은 이제야 적용일문 등과 검후의 관계가 심상치 않음을 단정할 수 있었다.

그의 질문을 들은 적용일문은 싸늘해졌고, 적용일문의 대답을 들은 검후는 못내 초초한 기색을 드러냈기 때문이다.

"그래서 말인데……."

적용일문이 넌지시 물었다.

"혹시 소협은 아직 검후와의 용무가 남았소?"

설무백은 무심결에 고개를 돌려서 검후를 보았다.

검후의 기색은 시종일관 냉담했다.

태풍이 불어와도 아무렇지 않게 받아들일 천년고목과 같은 태도를 유지하고 있었다.

그러나 설무백의 예리한 눈은 절로 우러나는 본심과 애써 꾸미는 가식을 구분할 수 있었다.

자존심과 오기로 애써 냉담한 기색을 유지하고 있었으나, 어쩔 수 없이 흔들리는 그녀의 감정이 날카로운 그의 눈에 정확하게 보였다.

"검후에게 용무가 있으신 모양인데, 이걸 어쩌죠?"

설무백은 최대한 표정과 목소리에 미안한 마음을 담으려 노력하며 적용일문의 질문에 대답했다.

"저도 이제 막 검후를 만났거든요."

적용일문이 실망스러운 표정을 굳이 감추지 않으며 물었다.

"오래 걸리는 일이오?"

설무백은 새삼 미안하다는 표정으로 대답했다.

"조금 시간이 걸릴 것 같습니다. 저와 함께 어디를 좀 다녀와야 하는 일이라서 말입니다."

적용일문의 안색이 변했다.

무언가 아닌 것 같다고 느낀 것 같았다.

아마도 검후의 반응 때문이었을 것이다.

검후가 생뚱맞은 상황에 직면한 사람처럼 멀거니 설무백을 바라보고 있었다.

적용일문이 보란 듯 천천히 한 번 더 검후의 모습을 확인하고 나서 설무백을 향해 자못 냉정해진 목소리로 물었다.

"사전에 약속된 용무가 아닌 듯 하오만?"

설무백은 대수롭지 않게 반문했다.

"용무라는 게 다 그렇죠. 내 용무지, 상대의 용무가 아니니까요. 노인 어른도 같지 않나요?"

적용일문이 잠시 말문이 막힌 표정을 짓다가 뒤늦게 대답했다.

"그렇긴 하지."

그리고 재우쳐 되물었다.

"한데, 그녀의 승낙은 받았소?"

설무백은 솔직하게 대답했다.

"아직요. 방금 만났다고 말씀드렸잖아요."

적용일문이 눈을 빛냈다.

"그럼 어서 물어보시구려. 혹시라도 그녀가 거부할 수도 있지 않겠소."

설무백은 픽 웃으며 물었다.

"그 말인 즉, 노인 어른도 그녀가 거부하면 용무를 포기하고 그냥 돌아가겠다는 뜻인가요?"

적용일문의 얼굴이 휴지처럼 구겨졌다.

그는 억지로 웃으며 그와 같은 자신의 마음을 솔직하게 드러냈다.

"어째 오늘은 이래저래 일이 잘 안 풀리는구려. 물론 나는 아니오. 내 용무는 소협의 용무와 달리 호의적인 것이 아니라서 말이오."

설무백은 적용일문의 솔직함에 조금 당황하며 물었다.

"제가 내막을 알아도 될까요?"

적용일문이 더는 감출 것도 없다는 표정으로 고개를 끄덕이며 새삼 검후를 일별했다.

"그녀가 내 막내 동생에 이어 셋째 동생까지 죽였고, 둘째 동생도 크게 다치게 해서 사경을 헤매게 만들었소."

설무백은 어느 정도 짐작했던 상황이라 비교적 냉정을 유지한 채로 검후에게 시선을 돌렸다.

검후가 그에 상관없이 적용일문을 쳐다보며 말했다.

"본의는 아니었으나, 적용삼문(狄容滲文)을 죽인 건 제가 맞아요. 전 도전자에게 질 생각이 절대 없는 사람이고, 그는 죽이지 않고 이길 수 없는 도전자였으니까요. 하지만 적용이문의 상해는 제가 모르는 일이에요. 그는 그 자리에 있지도 않았어요."

적용일문이 어금니를 악문 채로 그녀의 말을 받았다.

"검후답지 않게 구차한 변명을 늘어놓는구려."

검후가 뾰족하게 대꾸했다.

"변명 따위가 아니라 사실을 밝히는 거예요! 나도 같은 일을 당했으니까!"

"무슨 그런 말도 안 되는……!"

적용일문이 버럭 화를 냈다.

"지금 이 늙은이가 아우의 상처 하나도 제대로 살피지 못하는 바보멍청이로 보이는가? 아우의 검상은 분명 중원의 검격(劍擊)으로 이루어진 것이 아니다!"

검후가 피식 웃었다. 비웃음이었다.

"참으로 무지가 드러나는 말이네요. 중원 검격이 아니면 다 내 짓인가요?"

적용일문이 침착함을 잃고 빠드득 소리가 나도록 이를 갈며 도발했다.

"확인해 보면 알 수 있지! 아니, 확인시켜 주게나! 지금 당장 할 수 있는 일이 아닌가!"

검후가 도발에 넘어갔다.

아니, 그녀는 피할 생각이 없었던 것 같았다.

흥분한 모습이 아니라 냉정한 기색으로 코웃음을 치며 앞으로 나서는 그녀의 태도가 그것을 대변했다.

"얼마든지 보여 드리죠!"

설무백은 슬쩍 검후의 앞을 막으며 말했다.

"나와의 용무가 먼저 아닌가?"

검후가 두 눈꼬리를 치켜뜨며 그를 노려보았다.

설무백은 안색이 싸늘하게 식은 그녀의 입에서 다른 말이 나오기 전에 먼저 말했다.

"지금 이건 내가 순전히 한 사람의 무인으로서 호감을 가진 당신에게 베푸는 배려야. 그게 아니라면 지금 당장 여기서 당신이 죽건 말건 난 절대 상관 안 해. 당신에게처럼 저쪽 사람들에게도 나는 호감을 가지고 있으니까. 이래도 거부할래?"

검후는 입을 다문 채 강렬한 눈빛으로 설무백의 시선을 마주했다.

그사이, 바람처럼 빠르게 다가온 일단의 기척들이 하나씩 둘씩 장내에 도착하고 있었다.

갈색 무복의 가슴 한쪽에 붉은 수실로 현(玄) 자를 수놓은 사내들, 바로 태현문의 제자들이었다.

그리고 그들 무리 속에는 설무백에게 강렬한 인상을 남긴 장님 검객, 적용사문도 포함되어 있었다.

이윽고, 검후가 침묵을 깨며 물었다.

"어디를 같이 가는 거죠?"

설무백은 어깨를 으쓱하며 대답했다.

"일단은 북평. 내가 지금 거길 가는 중이었거든."

검후가 웃지도 울지도 못하겠다는 표정으로 미간을 찌푸렸다.

"지금 이 마당에 그렇게 막 어이없이 솔직하게 말해도 되는 건가요?"

설무백은 태연하게 어깨를 으쓱였다.

"어차피 다들 솔직하게 막나가는 판인 것 같은데, 나만 안 그러면 이상하잖아."

그는 슬쩍 고개를 돌려서 적용일문을 쳐다보며 재우쳐 물었다.

"안 그렇게 생각하십니까, 노인 어른?"

적용일문이 대답 대신 실로 난감하다는 표정으로 중얼거렸다.

"결국 무슨 일이 있어도 물러나지 않겠다는 것 같은데……?"

그는 잠시 설무백을 유심히 바라보다가 불쑥 물었다.

"대체 이러는 이유가 뭔가?"

말투가 존칭을 가미한 평대에서 하대로 바뀌었다.

이건 적용일문이 선택의 기로에 서 있다는 것을 의미했다.

그냥 싸우느냐 마느냐 혹은 해치우느냐 마느냐의 고민일 것이다.

설무백은 그런 생각을 하며 고민을 덜어 줄 요량으로 있는 그대로 솔직하게 대답했다.

"저는 고대협사처럼 남의 아픔이나 곤경을 그냥 넘기지 못하는 열혈남아 따위가 아닙니다. 그저 보잘 것 없는 인연도 소중히 여기는 사람일 뿐이죠. 그리고 그에 앞서……."

그는 적용일문과 검후를 번갈아 보며 결론을 내리듯 말을 끝맺었다.

"두 분의 처지가 다 이해가 되어서 이럽니다."

적용일문과 검후가 누가 먼저랄 것도 없이 동시에 미간을 찌푸렸으나, 먼저 입을 연 것은 적용일문이었다.

"우리의 처지가 이해가 된다는 것이 대체 어떤 의미인가?"

적용일문은 화를 내고 있었다.

설무백은 추호도 거리낌 없이 태연하게 대꾸했다.

"예전에는 몰라도 작금의 강호 무림에는 두 분의 처지를 만들 수 있는 자들이 존재하니까요."

적용일문의 눈빛이 살짝 변했다.

설무백은 그것을 보고 알았다.

이제 보니 적용일문도 그와 같은 생각을 외면하고 전혀 하지 않은 것은 아니었던 것이다.

그런데 묘하게도 검후의 눈빛도 마찬가지로 살짝 달라졌다.

설무백이 그런 검후의 변화를 감지하고 내심 고개를 갸웃거리는 참에, 적용일문이 대놓고 물었다.

"천사교를 말함인가?"

설무백은 내친김에 밝혔다.

"그들은 제가 생각하는 자들의 일부에 불과합니다."

적용일문의 눈빛이 미묘하게 흔들렸다.

결론을 내기 어려운 복잡한 감정으로 뒤엉킨 것 같은 눈빛이었다.

그 상태로, 그는 잠시 설무백과 시선을 마주하다가 불쑥 물었다.

"그래도 내가 그녀를 포기하지 못하겠다면 어쩔 셈인가?"

설무백은 사뭇 정중하게 대답했다.

"그러지 마시길 바랍니다. 감당할 수 없는 피해를 보게 되실 테니까요."

"자네를 배제한 싸움을 할 수도 있지. 이를 테면……."

적용일문은 슬며시 곁으로 다가와 있는 적용사문을 일별하며 말을 이었다.

"자네는 여기 이 아우에게, 그리고 자네 수하들은 우리 아이들에게 잠시 막으라고 하고 내가 나서면 어찌어찌 될 듯싶지 않나?"

설무백이 뭐라고 대꾸하기도 전에 적용사문이 나서서 깊이 고개를 숙였다.

"죄송합니다, 사형. 다른 아이들은 몰라도 저는 조금 힘들 것 같습니다."

적용사문의 눈빛에 놀라움이 서렸다.

"실로 그러하냐?"

적용사문이 계면쩍은 미소를 지으며 대답했다.

"소제는 아직 저치보다 한 수 아니, 한 수보다 더 아래에 있습니다."

"아직이라는 말이지?"

"예."

적용일문이 망설임 없는 적용사문의 대답을 듣고는 입맛이 쓰다는 표정으로 쩝쩝거렸다.

그래도 그리 심각한 표정이 아닌 것은 아마도 적용사문의 입에서 '아직'이라는 표현이 나왔기 때문일 것이다.

아직이라는 것은 지금은 때가 되지 않았거나, 미처 때에 이르지 못한 상태라는 의미임과 동시에, 이제 곧 혹은 얼마 지나지 않아서 가능하게 되리라는 희망의 전언과 다름없었기 때문이다.

설무백은 그런 생각으로 장님 검객 적용사문에 대한 관심이 한층 더 높아졌다.

그는 애써 그에 대한 내색을 삼가며 말했다.

"저 친구가 잠시든 하루 종일이든 저를 막는다고 해도 노인 어른께서는 뜻을 이룰 수 없을 겁니다."

"어째서 그런가?"

"노인 어른의 수하들이 제 수하들을 잠시도 감당할 수 없을 테니까요. 노인 어른의 안목으로도 미처 간파하지 못한 친구들을 어찌 노인 어른의 수하들이 감당할 수 있겠습니까."

적용일문이 웃었다.

"눈치가 없군. 내가 수하들이라고 하지 않았나. 그건 내가 지금 암중에 웅크린 자네의 수하들마저 다 간파했기에 그리한 걸세. 모르겠나?"

"압니다. 다만 세 명이라고 보셨을 것 같아서 드리는 말입니다."

설무백의 반문을 들은 적용일문이 얼굴에 드리웠던 웃음기를 지웠다.

"세 명이 아니라는 건가?"

"아닙니다."

"믿을 수 없군."

"그거야 제가 구차하게 믿어라 마라 하고 강요드릴 일이 아니고……."

설무백이 대수롭지 않게 말을 자르며 한마디 충고를 덧붙이려는 참인데, 시종일관 묘한 기색으로 침묵하고 있던 적용사문이 불쑥 끼어들었다.

"한 명이 더 있습니다, 사형."

적용일문이 놀란 듯 일순 안색을 굳혔다가 이내 기고만장한 표정으로 변해서 설무백을 바라보았다.

"그렇다는군."

설무백은 솔직히 의외였다.

전부터 적용사문의 경지가 적용일문보다 더 높다는 평가를 내리고 있긴 했으나, 설마하니 이미 사물과 하나 되는 경지에 달한 요미의 기척까지 감지할 수 있는 수준이라고는 미처 예상하지 못했다.

'과연 세상엔 인물이 많군!'

설무백은 새삼스러운 눈빛으로 잠시 적용사문을 바라보았다.

신기하게도 장님인 적용사문이 마치 그의 시선을 느낀 것처럼 고개를 돌려서 시선을 마주했다.

별빛처럼 반짝이는 눈이었다.

장님의 눈이라고는 전혀 생각되지 않았다.

그로 인해 설무백은 마음이 동했다.

싸우고 싶다기보다는 적용사문의 무력이 궁금해졌다.

그는 마음을 정하며 역시나 득의한 미소를 짓고 있는 적용일
문을 향해 말했다.

"그렇다면 어디 한번 도전해 볼만 하겠네요. 해보시겠습니
까?"

"도전이라고……?"

적용일문의 얼굴이 휴지처럼 일그러졌다.

어이없고 황당하다는 표정, 당연한 반응이었다.

도전이라는 것은 엄연히 하수가 고수에게 쓰는 말, 설무백
이 그를 아래로 보고 있다는 뜻인 것이다.

당연하게도 도발이었다.

적용일문이 도발에 넘어온 것처럼 안색을 굳혔다.

그때 적용사문이 다시 나섰다.

"그만두시죠, 사형. 소제 역시 한 명이 더 있다는 것만 느낄
뿐, 그가 어디에 있는지는 알아낼 수 없습니다."

"음."

적용일문이 묵직한 침음을 흘렸다.

적용사문이 마치 어린아이처럼 해맑게 웃으며 그런 적용일

문의 소매를 당겼다.

"무엇보다도 소제는 저치와 싸우고 싶지 않습니다. 아무리 봐도 적의나 악의가 느껴지지 않습니다."

아무래도 적용사문에게는 무언가 특별한 능력이 있는 것 같았다.

그리고 그 능력은 적용일문도 인정하는 모양이었다.

매섭게 설무백을 주시하던 적용일문이 적용사문의 말을 듣기 무섭게 가만히 고개를 끄덕이는 것으로 수긍을 표시하며 입맛을 다셨다.

설무백은 그 모습을 보자 왠지 조금 아쉬운 마음이 들어서 살짝 더 도발했다.

"진심으로 충고 드리는데, 제가 이래 봬도 한다면 하는 사람이고, 제아무리 사소한 원한도 기필코 되갚고 마는 악종입니다. 괜한 후환 남기지 마시고 그냥 이 정도 선에서 적당히 물러나시죠?"

이건 충고가 아니라 경고였다.

그에 따른 당연한 반응으로 적용일문의 뒤에 시립한 사내들의 눈빛이 사뭇 무섭게 거칠어졌다.

적개심을 담은 눈초리들이 완전한 살기로 바뀌고 있었다.

적용일문이 돌아보지도 않고 그와 같은 기세를 감지한 듯 슬쩍 어깨 너머로 손을 들어서 그들의 격동을 제지하고 미소를 드러냈다.

"과연 나 역시 아우처럼 자네하고 싸우고 싶은 마음이 들지 않는군. 다만 나는 아우와는 다른 느낌인데, 뭐랄까? 왠지 모르게 굉장히 걱정이 돼서 싸우기가 싫군."

설무백은 일말의 격동도 없이 안정된 적용일문의 태도 앞에서 자신의 도발이 실패로 돌아갔음을 인정했다.

다만 어차피 우발적인 감정이었던 까닭에 크게 아쉽지는 않았다.

어쩌면 이게 옳다는 기분도 들었다.

적용일문이 그런 그를 보며 빙글거리다가 문득 자세를 바로하며 말했다.

"대신 부탁이 하나 있는데 들어주겠나?"

설무백은 고개를 갸웃하며 대답했다.

"들어드릴 수 있는 일이라면……."

적용일문이 설무백의 대답이 끝나기도 전에 말했다.

"언제고 한 번 아니, 아니지. 막연한 것보다는 날짜를 정하는 게 좋을 테니, 다음 겨울이 오기 전으로 하겠네. 우리 태현문에 한번 들러 주게. 가능하겠나?"

설무백의 눈이 이채를 띠었다.

적잖게 놀랍기도 하고, 매우 당황스럽기도 했다.

적용일문 일행이 이렇듯 순순히 물러난 것도 의외였는데, 느닷없이 초대라니, 이건 정말 그가 예상치 못한 상황이었다.

절로 머뭇거리는 그의 시선으로 어린아이처럼 잔뜩 기대에 찬 적용사문의 모습이 들어왔다.

설무백은 그 모습에 마음이 동해서 진심을 담아 대답했다.

"가능하지 않아도 가능하게 해야지요. 알겠습니다. 다음 번 겨울이 오기 전에 필히 태현문을 방문하도록 하겠습니다."

"좋아. 그럼 그날을 기대하겠네."

적용일문이 실로 기꺼워하며 반색하는 와중에도 은근한 당부를 잊지 않으며 돌아섰다.

적용사문은 돌아서기 전에 학당의 동자처럼 설무백을 향해 꾸뻑 허리를 접는 인사까지 했다.

뒤늦게 장내에 나타났던 태현문의 사내들도 아무렇지도 않게 적용일문의 결정을 따랐다.

사승 내력에 목숨을 거는 명문 정파의 제자들답게 누구나 군소리 하나 없이 조용히 장내를 떠났다.

검후가 그때서야 새삼스럽게 설무백을 쳐다보며 다시 물었다.

"대체 당신 정체가 뭐예요?"

"정체가 워낙 복잡하고 다양해서 어느 것부터 말해 주어야 할지 모르겠군. 그러니 우선 당신부터 봅시다."

설무백은 대답과 함께 손을 내밀어서 검후의 손목을 잡았다.

검후의 입장에선 뻔히 보였으나 피하지 못한 기묘한 수였다.

그녀가 당황하며 뒤늦게 반응해서 손목을 비틀었으나, 그의 손은 뿌리쳐지지 않고 오히려 그녀의 손목을 더욱 단단히 옥죄

어졌다.

"잠시면 되니까 움직이지 마."

검후는 그의 말을 듣지 않고 기민하게 물러나며 손을 당겼다.

어떻게든 그의 손을 빠져나가기 위한 몸부림이었지만, 소용없었다.

설무백의 손에 잡힌 그녀의 손목은 빠지지 않았고, 물러나던 그녀의 신형이 오히려 앞으로 기울어졌다.

손목이 빠지지 않자 그녀의 신형이 앞으로 기울어진 것이다.

검후가 그제야 동작을 멈추며 경악과 불신에 찬 눈빛으로 설무백을 바라보았다.

설무백은 그에 아랑곳하지 않고 묵묵히 손끝에 들어온 그녀의 완맥(緩脈)을 살폈다.

사력을 다한 그녀의 반항이 무색한 태도였다.

검후가 질끈 입술을 깨물며 말했다.

"내 손에 검이 들렸으면 달랐을 거예요."

신중하게 그녀의 기맥을 살피던 설무백은 불쑥 터져 나온 그녀의 말을 듣고 자신도 모르게 피식 웃었다.

그녀의 말이 자존심을 지키려는 어린아이가 억지로 찾아낸 변명처럼 들려서 절로 웃어 버리고 만 것이다.

검후가 그런 그의 반응을 보고 기분이 상했는지 자못 야멸차게 노려보았다.

청정한 호수처럼 맑고 깊은 느낌을 주는 두 눈 속에서 두 개의 검은 눈동자가 보석처럼 빛나고 있었다.

태연하게 그녀의 시선을 마주한 설무백은 제법 예쁜 눈이라는 생각이 들어서 무어라 한마디 하려고 했으나, 그럴 틈이 없었다.

"안 돼. 위험해, 그런 눈빛."

은근한 경고와 함께 설무백의 그림자 속에서 마치 무슨 괴물처럼 상체만 내민 요미가 손가락을 좌우로 흔들며 그들을 노려보고 있었다.

"헉!"

검후가 질겁하며 물러났다.

그리고 그 바람에 빠진 손으로 자신의 입을 막았다.

작금의 강호 무림에서 적수를 찾기 어려운 그녀도 여자는 여자였던 것이다.

설무백은 슬쩍 손을 내밀어서 요미의 머리를 쥐어박았다.

"까분다, 또!"

"쳇!"

요미는 이제 아주 만성이 되었는지 그저 기분 나쁘다는 듯 혀를 차고는 아무렇지도 않게 머리를 비비며 그의 그림자 속으로 스르르 스며 들어갔다.

검후가 어이없는 표정으로 그 모습을 지켜보고 있다가 이내 실소하며 말했다.

"적용 형제들이 이 사실을 알면 놀라서 까무러치겠네요. 바로 코앞에 두고도 몰랐으니 말이에요."

설무백은 픽 웃으며 물었다.

"당신은?"

검후가 못내 얼굴을 붉혔다.

"방금 정도면 까무러친 것과 다름없어요."

그녀는 넌지시 덧붙여 물었다.

"중원의 무공이 아닌데, 누구죠?"

설무백이 입을 열기도 전에 그의 그림자 속의 요미가 대답했다.

"내 무공에 대해선 알 것 없고, 나는 그냥 오빠의 여자라고만 알고 있으면 돼."

"요미야……!"

"알았어, 알았어. 이제부터 벙어리."

설무백은 그저 웃고는 검후에게 시선을 주며 말문을 돌렸다.

"꽤나 열심히 치료를 한 모양이지만, 매우 좋지 않은 상태야. 지금 이렇게 온전한 모습으로 서 있는 것이 정말 신기해 보일 정도로."

완맥을 통해 살핀 검후의 몸 상태를 말하는 것이었다.

그는 추가로 당부했다.

"당분간 전력을 다해 하단 무공을 사용하는 것은 절대 금물, 치료를 위한 운기조식도 가볍게. 무리한 운기조식은 독이 될 테니 삼가는 것이 좋겠어. 안 그러면……!"

"됐어요."

검후가 잘라 말했다.

"내 몸은 내가 제일 잘 알아요. 당신이 생각하는 것처럼 그리 심각한 게 아니니, 너무 걱정하지 마요. 내가 알아서 치료해요. 그보다……."

그녀가 잠시 말꼬리를 늘이다가 덧붙였다.

"부탁이 있어요."

설무백은 의외라는 표정으로 검후를 보았다.

이렇듯 쉽게 무언가를 부탁할 여자로 보이지 않았다.

"무슨 부탁?"

검후가 주변의 사내들, 바로 유결 등 눈치만 보고 있던 사내들을 시선으로 가리키며 말했다.

"제가 떠나면 저들은 다 죽임을 당할 거예요."

자세한 내막은 모르겠으나, 호골채의 산적들은 거의 다 녹림 본산으로 떠났고, 일부만 산채를 지키고 있었다.

내상을 치료할 동안 머물 은신처를 찾던 검후의 눈에 들어온 것이 바로 그런 호골채였으며, 그녀는 산채를 지키던 산적들을 처리한 다음, 우연찮게 만난 유결 등 순진한 토비들을 심부름꾼으로 부리고 있었던 것이다.

"차마 다 죽일 수는 없어서 일부는 그냥 살려 보냈는데, 그냥 떠나지 않고 끈질기게 주변을 배회하는 애들이 있어요."

설무백은 대번에 상황을 인지하며 말했다.

"그냥 배회하는 것이 아니라 이곳의 사정을 알리려고 녹림 본산으로 떠난 동료들이 지원군을 데리고 돌아올 때까지 산채를 감시하는 거겠지."

"그래요. 그래서…….".

"알았어."

설무백은 주변의 사내들을 둘러보다가 눈에 들어온 유결에게 시선을 주며 물었다.

"대장이 누구야?"

유결이 슬쩍 옆에 서 있는 사내를 가리켰다.

"여기, 이쪽이…….".

설무백은 유결이 가리킨 사내를 보았다.

혹시나 했는데 역시나 아까 전에 유결을 제치고 나선 배불뚝이 사내였다.

"이름?"

"제포(薺浦)입니다."

"좋아, 제포. 지금 여기 산채에 있는 인원이 몇이나 되지?"

"아녀자들과 아이들까지 다 포함하면…….".

"아녀자들과 아이들이 있다고?"

"아, 예!"

제포가 설무백의 당황에 놀란 듯 찔끔하며 재빨리 옆에 서 있던 사내들에게 눈짓을 했다.

두 명의 사내들이 쪼르르 달려가서 그리 멀리 떨어지지 않은 장소에 있는 거대한 통나무집의 문을 열었다.

그러자 통나무집에서 포대로 아이를 등에 업거나 손에 잡은 아녀자들이 우르르 몰려나왔다.

얼추 봐도 삼십 명이 넘는 인원이었다.

"싸움이 벌어질 것 같으면 저렇게 밖에 나오지 못하도록 한 곳에……!"

설무백은 슬쩍 손을 들어서 제포의 부연을 막으며 검후를 바라보았다.

검후가 계면쩍은 얼굴로 그의 시선을 회피하며 변명했다.

"나 살자고 유민(流民)을 내치지는 못해요."

"유민을 산적으로 만드는 건 괜찮고?"

"살려면 뭐든 해야죠. 그냥 굶어 죽을 수는 없잖아요. 특히 애들은요."

설무백은 무심결에 던진 반문에 나온 검후의 대꾸를 듣고 말문이 막혀 버렸다.

그게 불쾌해서 화가 난 것은 아니었는데, 검후가 그렇게 오해한 듯 나직이 사과했다.

"미안해요. 당신을 탓하자고 그러는 게 아니라 그저 내 생각이……!"

"사과하지 마. 당신 생각이 옳으니까."

설무백은 대수롭지 않게 그녀의 말을 자르고는 품에서 은자

주머니를 꺼내 제포에게 던졌다.

제포가 얼떨결에 은자주머니를 받아들자, 그는 말했다.

"노잣돈이야. 사람들을 데리고 감숙성 난주에 있는 풍잔으로 찾아가. 거기 가서 내가 보냈다고 말하면 살 곳을 마련해 줄 거야."

제포가 눈치를 보며 어렵사리 물었다.

"저기, 누가 보냈다고 해야 하는지……?"

설무백은 자신의 이름을 말하기가 어색해서 에둘러 말했다.

"설 아무개가 보냈다고 해. 그냥 그러면 알 거야."

"예, 알겠습니다."

허리를 숙이며 대답한 제포가 그대로 바닥에 넙죽 엎드렸다.

"그리고 고맙습니다. 정말이지 이 은혜는……!"

"이러지 말자 우리. 나 이런 거 정말 어색해."

설무백은 실로 어색해서 그대로 돌아섰다.

제포를 포함한 장내의 모든 사람들이 그러거나 말거나 그를 향해 연신 고개를 숙이며 감사를 표하고 나서야 자리를 떠나서 저마다 짐을 꾸리기 시작했다.

돌아선 설무백은 지근거리의 돌무더기에 엉덩이를 걸치고 앉아서 그들이 짐을 다 꾸릴 때까지 기다렸다.

그리고 짐을 다 꾸린 그들이 다시금 그를 찾아와서 연신 감사의 인사를 하고 산채를 떠나자, 혈영을 불렀다.

"혈영."

혈영은 이미 그의 생각을 읽고 있었다.

"예, 알겠습니다. 혹시 모르니 안전하게 인근 지역을 벗어날 때까지 남모르게 뒤를 따르며 지켜보겠습니다."

설무백은 딴청을 부리는 것으로 머쓱함을 감추며 자리를 털고 일어났다.

"먼저 가고 있을게."

"예, 알겠습니다."

혈영이 대답과 동시에 암중에서 사라졌다.

설무백은 검후를 일별하며 발걸음을 옮겼다.

"갑시다."

검후가 따라나서며 말했다.

"손발이 아주 잘 맞는 주종 사이네요."

설무백은 짧게 대답했다.

"그런 편이지."

검후가 잠시 여유를 두고 물었다.

"이제 계속 그렇게 반말을 할 건가요?"

설무백은 슬쩍 고개를 돌려서 검후를 보았다.

그리고 다시 고개를 바로 하며 말했다.

"아까는 상황이 그래서 그랬는데, 이제 와서 다시 존대를 하는 것도 우습지 않나? 나이 차이도 크게 안 나는 것 같은데."

검후가 발끈한 것처럼 대답했다.

"나이는 꽤 차이가 날 거예요. 제가 보기보다 동안이라서."

그리고 곧바로 덧붙였다.

"그래도 이제 와서 다시 존대를 하면 우습긴 하겠네요."

설무백은 짓궂게 확인했다.

"아무래도 그렇지?"

검후는 아무렇지도 않게 말문을 돌리는 것으로 그의 말에 수긍했다.

"아직 내게 당신의 정체를 밝히지 않았다는 거 기억하고 있나요?"

설무백은 어깨를 으쓱했다.

"굳이 밝힐 필요가 없을 것 같아서. 지금 당신의 머릿속에 있는 그 사람이 바로 나거든."

검후가 설무백의 말을 인정하는 것처럼 고개를 끄덕이며 말했다.

"솔직히 조금 놀랐어요. 당신이 사신이라니. 당최 어울리지 않잖아요."

설무백은 고개를 저었다.

"세상에 자신의 이름과 어울리는 사람이 몇이나 될까? 나도 그중에 하나일 뿐이야."

"그 말인 즉, 이래 봬도 사신은 사신이라는 건가요?"

"뭐 대충 그렇지."

"……."

한동안 침묵한 채 말이 없던 검후가 어느 한순간 번개처럼 검을 뽑아서 설무백의 등을 노렸다.

설무백은 순간적으로 몸을 틀어서 그녀의 검을 피했다.

공야무륵이 어느새 뽑아 든 쌍 도끼를 쳐들고 나서는 가운데, 설무백의 그림자 속에서 튀어나온 요미와 암중에서 모습을 드러낸 흑영과 백영이 검후를 에워쌌다.

설무백은 한숨을 내쉬며 검후를 향해 말했다.

"이러지 말자, 우리."

"성격은 몰라도 무공은 사신일지도 모를 수준이군요."

아무렇지도 않게 중얼거린 검후가 천천히 수중의 검을 회수하고는 슬쩍 요미 등을 둘러보며 덧붙였다.

"확인해 본 거예요. 내력은 물론 살기도 없었는데, 못 느꼈어요?"

공야무륵과 흑영, 백영은 은연중에 설무백의 눈치를 보며 조용히 물러났으나, 요미는 그것과 상관없이 앙칼지게 쏘아붙였다.

"그래서 한 목숨 건진 줄이나 알아! 안 그랬으면 내가 멈췄을 것 같아?"

검후가 싸늘해진 눈초리로 요미의 시선을 마주했다.

이제야 그녀의 눈에 살기가 담겼다.

요미가 빙그레 웃었다. '좋다, 기대된다'는 도발이었다.

설무백은 한숨을 내쉬며 발을 굴렀다.

쿵!

묵직한 소리가 터졌다.

한순간 장내가 지진을 만난 것처럼 진동했다.

설무백이 상당한 내공을 운기한 상태로 발을 굴렀기 때문이다.

서로 노려보던 요미와 검후가 흠칫하며 설무백에게 시선을 돌렸다.

설무백은 짧게 말했다.

"그만 가지?"

"흥!"

요미가 코웃음을 날리며 검후를 외면하고는 보란 듯이 설무백의 그림자 속으로 스며들어 갔다.

검후가 표독스러운 눈빛으로 요미가 스며든 설무백의 그림자를 노려보았다.

설무백은 손을 내저으며 돌아서서 발걸음을 서둘렀다.

그때 잠시 묵묵히 그의 뒤를 따라오던 검후가 말했다.

"저기 부탁이 있어요."

"또 무슨 부탁……?"

설무백은 발걸음을 멈추고 돌아서며 정말 귀찮다는 듯이 물었다.

여차하면 한마디 더 쏘아붙여 줄 생각이었는데, 그럴 수가 없었다.

"나 버리고 가지 마요."

검후가 희미하게 웃는 낯으로 그렇게 말하며 스르르 옆으로 쓰러졌다.

혼절이었다.

설무백은 순간적인 허공섭물로 그녀를 돌부리가 아닌 평지에 부드럽게 눕히며 절로 깊은 한숨을 내쉬었다.

이제 보니 아주 피곤한 여자였다.


검후는 혼수상태로 사흘이 지나서야 겨우 깨어났다.

설무백의 적극적인 치료가 있었기에 가능한 일이었다.

아니었다면 그보다 곱절의 시간이 지나도 그녀의 회복을 기대하기 어려웠을 터였다.

설무백의 말마따나 실로 그녀의 내상은 심각한 수준이었던 것이다.

검후가 깨어났을 때는 이미 북평에 도착해 있었다.

설무백이 그녀를 치료하는 와중에도 이동을 멈추지 않은 결과였다.

다만 설무백은 그녀의 곁에 없었다.

일남일녀, 두 사람이 그녀의 곁을 지키고 있었다.

시큰둥한 표정으로 창밖을 바라보고 있는 두 명의 젊은 사내, 흑영과 백영, 그리고 침상머리에 앉아서 그녀를 바라보고 있는, 정확히는 표독스럽게 노려보고 있는 요미였다.

검후는 일말의 미안함과 거북함, 상당한 의혹이 뒤범벅된 기색으로 어색하게 일어나 앉았다.

요미가 그런 그녀에게 쏘아붙였다.

"너 때문이야!"

설무백은 그때 남몰래 왕부의 담을 넘고 있었다.

하루 종일 서북풍이 실어 온 모래먼지로 뿌옇게 흐려졌던 하늘이 저녁 기운에 젖어서 축축해진 바람에 한층 더 콧속을 메케하게 만드는 자시(子時 : 오후 11시~오전 1시)무렵이었다.

보통 대륙의 북쪽 지역으로 갈수록 담이 높아지는 편이긴 하나, 북평 왕부의 담은 유독 높아서 거의 일 장을 넘겼다.

그러나 설무백의 능력으로 그 높이가 버거울 리는 없을 텐데, 담장 안으로 떨어져 내리는 발소리가 매우 무거웠다.

척-!

둔탁하게 느껴지는 발소리가 났다.

그리 큰 소음은 아니었으나, 그의 수준에서는 절대 있을 수 없는 일이 벌어진 셈이었다.

설무백은 그대로 서서 주변의 동정을 살폈다.

당연하게도 지금 그의 행동은 의도적인 것이었다.

왕부의 경계를 살펴보기 위함이었다.

굳이 대문이 아니라 담을 넘은 이유도 바로 거기에 있었다.

지금 시간이 늦긴 했으나, 그의 방문을 거부할 왕부가 아니었기 때문이다.

과연 예상대로 소식이 있었다.

나름 미세한 소음을 냈음에도 불구하고 대번에 사방에서 거리를 좁히며 몰려드는 기척이 있었다.

설무백은 가만히 고개를 끄덕였다.

이 정도면 어지간히 뛰어난 살수의 기척도 쉽게 놓치지 않을 것이다.

'무공은 어떨까?'

설무백은 이미 왕부에 연왕 주체가 비공식적으로 창설한 동창이라는 무인 집단이 있다는 사실을 알고 있었다.

지난날 동창의 장반이라는 조무의 실력이 매우 인상 깊었던 그는 그들, 동창의 실력이 참으로 궁금했다.

그때 삽시간에 나타나서 그를 에워싼 사내들 중 하나가 물었다.

"누구냐? 정체를 밝혀라!"

설무백은 절로 실소했다.

야밤에 담을 넘어 들어온 상대에게 누구냐고 정중하게 묻고 있다니, 참으로 어이가 없었다.

경종을 울리지 않는 거야 지금 시국이 시국인 만큼 조용히 처리하기 위함이라고 치부해도, 이런 예의는 아니지 않는가 말이다.

그는 역으로 화를 냈다.

"보면 모르겠냐? 여기 주인의 머리를 가지러 온 협의지사니라. 기아에 허덕이는 백성들은 쳐다보지도 않고, 비열하기 짝이 없게도 황권에만 눈이 멀어 있는 왕야가 이 세상에 무슨 필요가 있을 것이냐!"

"이, 이런 발칙한……!"

누구냐고 묻던 사내가 이제야말로 분기탱천해서 소리쳤다.

"놈을 잡아라!"

어느새 설무백의 주변을 에워싸고 있던 이십여 명의 사내들이 동시에 움직여서 쇄도해 들었다.

처음의 어설픈 대처와 달리 행동은 제법이었다.

일개 경계 무사들임에도 오랜 수련을 통해서 사전에 손을 맞추지 않으면 절대 그럴 수 없을 정도의 기민함과 정교함을 보여 주고 있었다.

물론 그래 봤자 설무백의 눈에는 우스운 수준이었지만 말이다.

'너무 크게 다치지 않게 하려면 신경 좀 써야겠네.'

생각과 동시에 몸이 반응했다.

설무백의 신형이 흐릿하게 변했다.

극도로 강화된 무상신보였다.

"헉!"

쇄도한 사내들이 눈앞에서 귀신처럼 사라진 설무백의 신위에 기절초풍할 정도로 놀랐다.

그사이 흐릿한 그림자로 보이는 설무백의 신형이 그들, 사내들의 곁을 빠르게 스치고 지나갔다.

사내들로서는 어렵사리 감각으로만 느낄 수 있었을 뿐, 눈으로 볼 수는 없는 무서운 속도의 신법이었다.

"컥!"

"으악!"

설무백을 향해 쇄도하다가 일순 멈춘 사내들이 거의 동시에 비명을 지르며 사방으로 나가떨어졌다.

사실은 설무백이 차례대로 치고 때리며 스쳐 지나갔으나, 그 속도가 워낙 빠른 탓에 그렇게 보이는 것이었다.

그 순간!

"감히……!"

야멸찬 외침과 함께 설무백의 앞을 막는 검은 그림자가 있었다.

처음에 그의 정체를 묻던 사내였다.

사내의 수중에 들린 칼날이 강렬한 도기를 뿌리고 있었다.

설무백은 기존의 사내들과 다른 그 기세에 반응해서 순간적으로 손을 내밀었다.

이글거리는 기세가 그의 손에서 뻗어 나갔다.

권풍의 경지를 넘어선 경지, 단단하게 응축된 경력인 권기성강(拳氣成罡)이었다.

깡-!

거친 쇳소리가 터졌다.

"헉!"

설무백의 앞을 막아서며 칼을 뻗어 내던 검은 그림자가, 정확히는 사십대의 흑의 사내가 헛바람을 삼키며 발을 지면에 댄 채로 주르륵 뒤로 밀려 나갔다.

설무백의 권강을 감당하지 못하고 튕겨진 것이다.

때를 같이해서 서너 개의 칼날이 설무백의 전신 요혈을 노리고 다가왔다.

빠르고 예리한 공격이었다.

설무백은 반색했다.

이제야말로 기다리던 자들이 나타났음을 인지한 그는 내심 기꺼운 마음으로 기민하게 자리를 이동하며 손 속을 펼쳤다.

눈에 보이지 않는 속도로 움직이는 그의 손과 발, 팔뚝과 무릎이 새롭게 나타난 검은 무복의 사내들의 몸을 차례대로 난타했다.

퍽! 팍! 타닥! 파팍-!

검은 돌풍으로 변한 설무백이 장내를 휩쓰는 가운데, 경쾌한 타격음이 울리며 십여 명이나 되는 검은 무복의 사내들이 거의 동시에 그림처럼 굳어져서 눈만 끔뻑거리고 있었다.

삽시간에 마혈에 이어 아혈까지 점혈당해 버린 것이다.

눈썰미가 좋은 사람의 눈에도 흐릿한 그림자조차 보이지 않던 설무백의 신형이 그제야 모습을 드러냈다.

"이건 어째 내가 아는 것보다 조금 약한데?"

한 폭의 그림처럼 굳어진 검은 의복의 사내들 사이였다.

설무백은 심드렁한 표정으로 입맛을 다시며 고개를 갸웃거리고 있었다.

진심이었다.

지난날 그가 상대해 본 조무라는 장반과 비교해서 차이가 많이 났다.

'하급 번역들인가?'

사실이었다.

지금 설무백의 손 속에 당해서 그림처럼 굳어진 흑의 사내들은 동창의 하급 번역이 맞았다.

그러나 기실 그건 그다지 상관없었다.

설무백의 생각과 달리 동창의 하급 번역이나 전날 그가 상대해 본 장반 조무나 무공의 차이는 실로 미미한 수준이었다.

결국 지금 그는 우습지도 않은 착각을 한 것이었다.

설명하지면 이렇다.

보이지 않는 현실이라는 말이 있는데, 이는 제아무리 세상을 다 아는 천재도 자기 자신에 대해서는 잘 모른다는 얘기에서 비롯된 이야기다.

설무백이 지금 그랬다.

지금 그는 조무를 만난 다음에 지난 일 년여 동안 자신의 능력이 얼마나 비약했는지 간과하고 있었다.

"거참 이상하네?"

설무백이 그런 착각에 빠져서 헤맬 때였다.

요란하게 울린 경종이 왕부를 가로질렀다.

마침내 왕부가, 정확히는 경계들이 사태의 심각성을 인지했다는 방증이었다.

그리고 그와 동시에 순전히 설무백의 관점에서 지난날 상대해 본 조무라는 장반보다 뛰어나 보이는 상대가 나타났다.

"놈!"

준엄한 호통과 함께 불처럼 뜨겁고 산처럼 무거운 기운이 설무백의 전신을 짓눌렀다.

하늘에서 떨어지는 기운이었다.

누군가 높이 비상했다가 수직으로 떨어져 내리며 설무백을 노리는 것이다.

설무백은 정면으로 마주칠까 하다가 순간적으로 생각을 바꾸어서 옆으로 피했다.

그대로 마주쳤다간 크게 다칠 수 있었다.

그가 아니라 상대가.

꽝―!

폭음이 터지며 방금 전 설무백에 서 있던 땅바닥이 거대한 절굿공이로 찍은 것처럼 움푹 파였다.

파인 그 자리에 서 있는 사내가 의외라는 표정으로 설무백을 바라보았다.

피할 줄은 몰랐다는 표정이었다.

설무백은 그사이에 드러난 사내의 외모에 내심 절로 감탄했다.

삼십대 초반이나 되었을까?

빼어난 미남자는 아니었으나, 산악처럼 듬직한 어깨와 반듯한 콧대, 길게 뻗은 검미(劍眉)의 준수함에 선이 굵은 턱의 묵직한 위엄이 더해져서 소위 말하는 인중룡(人中龍)의 기상을 풍기는 얼굴의 사내였다.

'근데, 어디서 봤더라?'

감탄 다음에는 의혹이었다.

사내의 외모가 결코 낯설지 않은 까닭에 설무백은 절로 고개를 갸웃거렸다.

만에 하나 안면이 없는 사람이라면 누군가에게 듣기라도 했을 거라는 느낌이 강하게 들었다.

그러나 상대, 사내는 그의 생김새 따위에는 전혀 관심이 없는 것 같았다.

잠깐 흩날리는 설무백의 백발에 머물던 이채로운 눈빛이 다였고, 이내 기민하게 달려들어 연속해서 쌍권을 교차했다.

팡! 파아앙—!

압축된 공기가 일시에 터져 나가는 듯한 소음이 연속해서 울렸다.

강철보다도 더 단단하게 응축된 기운, 조금 전 설무백이 펼친 것과 같은 권기성강이 빛살처럼 빠르게 쏘아졌다.

설무백은 슬쩍 뒤로 물러나며 손바닥을 들어서 사내의 주먹에서 뻗어 오는 권기성강을 막았다.

빡—!

메마른 폭음이 터졌다.

팽팽하게 조여진 가죽 북이 터지는 듯한 소리였고, 그 소리와 함께 사내의 주먹에서 쏘아진 권기성강이 설무백의 손바닥에서 흔적도 없이 사라져 버렸다.

사내의 두 눈이 크게 떠졌다.

경악과 불신에 가득 찬 눈빛이었다.

설무백도 놀라고 있었다.

사내의 검기성각을 막은 손바닥에서 상당한 통증이 느껴졌기 때문이다.

이런 경우는 그에게 흔치 않았다.

그러나 설무백의 놀람은 별다른 기색으로 드러나지 않았고, 그게 상대 사내를 격동시킨 것 같았다.

"익!"

사내가 이를 악물며 두 손을 펼치며 달려들었다.

사력을 다해서 전신의 내력을 끌어 올린 것인지 무지막지한 경력의 폭풍이 그의 전신을 휘감고 있었다.

득달같이 쇄도하며 두 손을 어지럽게 흔드는데, 움직이는 경로마다 잔상을 남기는 까닭에 순간 그의 손이 수십 개로, 다시 수백 개로 늘어나는 환상이 연출되었다.

요란한 굉음을 동반해서 대기를 찢는 바람에 그렇게 느껴지는 것이었다.

휘우우우웅―!

마치 불이 붙은 거대한 아름드리나무가 휘둘러지는 것 같은 파공음이 장내를 압도했다.

실제로 주변에 있던 굵은 나무들이 부러져 나가고, 정원석으로 세워진 바위들이 깨져 가루로 흩날리며 장내가 초토화되었다.

엄청난 공력에 무지막지한 파괴력이 느껴지는 광경이 아닐 수 없는데, 우습지 않게도 정작 표적은 맞추지 못했다.

표적인 설무백이 굳이 상대하지 않고 대수롭지 않게 훌쩍 날아서 그의 뒤로 날아갔기 때문이다.

꽈광―!

요란한 폭음이 터지며 희뿌연 흙먼지가 하늘 높이 휘날렸다.

사내의 두 손에서 발휘된 무지막지한 경력이 애꿎은 왕부의 벽을 때려서 박살 내며 무너트린 결과였다.

일순 멈춘 사내의 두 눈이 크게 떠졌다.

설무백이 자신의 공격을 피했다는 것보다 왕부의 벽이 무너졌다는 사실에 더 놀라고 당황한 표정이었다.

모순적이게 분명 멋진 외모임에도 어딘지 모르게 어수룩해 보이는 모습인데, 이내 나도 모르겠다는 식으로 돌아선 사내가 싸늘하게 설무백을 노려보며 말했다.

"너 때문인 거다?"

설무백은 절로 실소했다.

그리고 그제야 사내의 정체를 알아보았다.

사내는 낭인처럼 정처 없이 중원을 떠돌며 소림 속가 제일 인이라는 명성을 얻은 패검이룡 종리매였다.

앞서 사내가 펼친 장력이 천년 소림에서도 제대로 익힌 자가 몇 되지 않는다는 비기인 천수여래장(千手如來掌)이라는 것은 차 치하고, 이 정도로 걸출해 보이는 외모에 그처럼 무지막지한 공력을 발휘하면서도 이처럼 미욱해 보이는 행동을 하는 사내 는 천하에 그 사람, 종리매밖에 없었다.

물론 미욱해 보이는 종리매의 태도는 진짜로 어딘가 모자라 고 미욱해서가 아니었다.

매사에 자신의 감정을 추호도 가감 없이 그대로 드러내기 때문에 미욱해 보일 뿐, 사실은 타고난 무재였다.

소림 속가 제일이라는 명성이 아무에게나 주어질 리는 만무 했다.

설무백은 전생의 기억을 통해서 그와 같은 사실을 익히 잘 알고 있기에 슬며시 마음이 동했다.

호승심이 아니라 호기심이었다.

전생의 그가 인정하던 고수 중 하나인 패검이룡 종리매의 무위는 과연 어느 정도일까?

그러나 아무래도 그의 뜻대로는 안 될 모양이었다.

방해자가 나타났다.

"도련님?"

고슴도치 수염의 사내, 왕인이었다.

거마효웅巨魔枭雄 (3)

사실을 말하자면 왕인은 패검이룡 종리매의 뒤를 이어서 장내에 도착했으나, 뒤늦게 설무백을 알아보았다.

　처음에는 백발의 사내가 설무백이라고는 전혀 생각하지 못했고, 나중에는 종리매를 상대하는 설무백이 워낙 빠르게 움직여서 확인할 수가 없었다.

　그래서 한바탕 그들의 격돌이 끝난 다음에야, 정확히는 종리매의 무지막지한 장력이 왕부의 벽을 무너트리는 사이에 잠시 멈춘 설무백의 얼굴을 확인하고 나서야 알아보았던 것이다.

　"아니, 이게 대체 어찌된 일입니까?"

　득달같이 설무백에게 달려온 왕인은 매우 놀라고 있었다.

　설무백의 백발을 처음 본 사람들 중에서 가장 크게 놀라는 반응이었다.

거기에는 그가 가족과 같은 사람이라는 이유도 있지만, 그에 앞서 그가 강호 무림이 아니라 대내무반의 무인이라는 이유가 적잖게 작용할 터였다.

정마사의 다양한 신공이기와 순리를 거스른 좌도방문의 수련 방법이 난무하는 강호 무림에서는 기기묘묘한 육체의 변화를 겪는 무인들을 자주 접할 수 있지만, 대내무반들의 무인들은 달랐다.

정해진 틀에 따라 오로지 정공법으로만 무공을 수련하는 대내무반의 무인들은 좀처럼 그런 경우가 흔치 않아서 생경할 수밖에 없었다.

"별거 아냐. 그냥 약을 잘못 먹어서 그래."

"예……?"

설무백의 말을 들은 왕인은 실로 황당하다는 표정이었다. 그러나 그에게 그것을 파고들 기회는 주어지지 않았다.

어느새 그들의 곁으로 다가온 종리매가 반색하고 있었다.

"아, 그런가? 이 백발 귀신이…… 아니, 이분 공자가 설 장군님의 제자분이야?"

왕인이 재빨리 나서서 두 사람을 소개했다.

"아, 예 그렇습니다. 인사들 하시죠. 이쪽은 설무백, 설 공자님이시고, 이쪽은 음…… 왕야께서 새롭게 도모하신 조직의 속관(屬官)인 장형천호(掌刑千戶) 종리매입니다."

천외천의
주인

애써 동창이라는 이름을 드러내지 않는 것은 아마도 당분간 혹은 지속적으로 비밀리에 운용하려는 연왕의 생각이 반영된 것이리라.

"반갑소, 설 공자. 나 종리매요."

"반갑습니다. 설무백입니다."

먼저 공수한 종리매가 고개를 갸웃하며 설무백을 유심히 바라보며 물었다.

"그런데 어째 내가 아는 어떤 사람의 이름과 같구려……?"

설무백은 대답에 앞서 슬쩍 왕인을 보았다.

왕인이 어색한 표정으로 은근슬쩍 어깨를 으쓱여 보였다.

종리매가 실로 그의 정체를 모른다는 눈치였다.

아버지 설인보가 그의 정체를 드러내지 않았던 것이다.

설무백은 아버지가 감춘 자신의 정체를 자세한 내막도 모르고 드러낼 수는 없었다.

그렇다고 이미 그의 정체를 눈치챈 것 같은 종리매에게 거짓을 말한다는 것도 안 될 말이었다.

이런 경우는 이쪽도 저쪽의 흠을 잡아서 입을 막는 수밖에는 다른 도리가 없었다.

"그런가요? 사실 저도 좀 그러네요. 종리 천호께서 제가 아는 어떤 분의 이름과 같아서 말입니다. 설마 동명이인이겠죠?"

종리매의 성격상 어쩌면 통하지 않을지도 모른다는 우려가 그의 마음속에 있었으나, 제대로 통했다.

"아, 물론 동명이인일 거요. 설 공자도 그렇겠구려?"

장군에 명군, 그 다음에는 타협과 화해, 그리고 소통이었다.

"물론이죠. 세상에 같은 이름이 어디 한둘인가요."

"하긴, 그렇소. 하하하……!"

그런데 아쉽게 되었다.

그 순간에 타협과 화해, 소통과는 거리가 먼 사람이 그들의 곁에 나타났다.

"대체 지금 뭐 하나?"

싸늘한 일갈이 그들의 사이를 갈라놓았다.

검붉은 비단 제복을 정갈하게 차려입은 사내였다.

일단의 흑의 사내들을 이끌고 나타난 그가 매섭게 치켜뜬 눈으로 설무백을 노려보며 악을 썼다.

남자의 그것도 아니고 여자의 그것도 아닌 중성적인 음성이라 뾰족하게 들리는 목소리였다.

"당장에 저놈을 포박하지 않고 대체 이게 무슨 해괴한 짓이지?"

종리매가 서둘러 나서며 대답했다.

"저기, 여기 이분 공자는 설 장군님의 자제분이외다."

검붉은 비단 제복의 사내가 어처구니없다는 표정으로 종리매를 쳐다보며 쏘아붙였다.

"그게 무슨 소린가? 설 장군의 자제는 이렇듯 불시에, 그것도 지금과 같은 야밤에 왕부의 담을 넘어서 이런 말도 안 되는

천외천의
주인

소란을 피워도 된다는 거야, 뭐야?"

종리매가 놀란 눈치로 입을 다물며 사내를 바라보았다.

사내가 이미 설무백이 누군지 알고 나섰다는 것을 인지하자, 말문이 막혀 버린 표정이었다.

왕인이 서둘러 그들 사이로 나섰다.

"그게 아니라 우리 공자님께서는……!"

"우리 공자님?"

검붉은 비단 제복의 사내가 대번에 말을 자르며 예의 중성적인 목소리를 높여서 불같이 화를 냈다.

"명색이 왕야의 최측근에서 모시는 친위대의 부장인 자네가 공사도 구분하지 못하나? 설 장군이 자네를 그리 가르쳤다는 건가?"

설 장군, 바로 설무백의 아버지인 설인보가 언급되자, 왕인의 표정이 싸늘하게 식었다.

하지만 감히 대놓고 반발할 수는 없었는지 꾹꾹 눌러 참는 기색으로 어금니를 악물고 있었다.

검붉은 비단 제복의 사내가 그 모습에 더욱 분노한 것처럼 소리쳐 명령했다.

"뭐 하나? 당장 저자를 포박하지 않고!"

종리매와 함께 나타났던 사내들은 선뜻 나서지 않고 눈치를 보았으나, 검붉은 비단 제복의 사내를 따라온 사내들은 기다렸다는 듯이 앞으로 나섰다.

이것으로 확실해졌다.

동창의 내부에는 혹은 왕부의 내부에는 알력이 존재하고 있었다.

설무백은 내심 그것을 확신하며 찌푸린 눈가로 다가오는 사내들은 신경도 쓰지 않고 검붉은 비단 제복의 사내를 살펴보았다.

분을 바른 것처럼 하얀 얼굴에 갸름하게 빠진 턱, 피를 머금은 것처럼 붉은 입술, 가늘고 긴 눈썹, 남자의 것도, 사내의 것도 아닌 목소리 등, 어디 하나 마음에 드는 구석이 하나도 없이 재수 없는 사내였다.

여자라면 모를까 사내라서, 게다가 이제 그 사내가 자신과 달리 무언가 없는 환관이라는 것을 알아서 더욱 그랬다.

'혹시 이놈이 그놈인가?'

그놈은 바로 지난날 조무를 보내서 그와 그의 주변을 살핀 동창의 외람첩형 곽승이었다.

종리매조차 함부로 못하는 지위라면 그놈일 가능성이 매우 높았다.

설무백이 그런 생각을 가지고 새삼스럽게 검붉은 비단 제복의 사내를 살펴보는 사이, 왕인이 슬쩍 앞으로 나서서 조심스럽게 그의 곁으로 다가서는 사내들을 차단했다.

검붉은 비단 제복의 환관이 두 눈을 부릅뜨며 쏘아붙였다.

"뭐 하는 짓이지? 감히 지금 항명을 하겠다는 건가?"

왕인이 그게 아랑곳하지 않고 설무백을 향해 물었다.

"어떻게 하시겠습니까, 도련님?"

설무백은 자못 사납게 왕인을 노려보며 말했다.

"왕 아재가 그냥 참았으면 나 정말 섭섭했을 거야."

왕인이 멋쩍게 따라 웃었다.

"그럴 리가 있나요. 도련님이 어떤 사람인지 제가 다 알고 있는데."

설무백은 픽 웃고는 잔뜩 시근덕거리는 검붉은 비단 제복의 환관을 일별하며 물었다.

"저 족제비 같은 애가 곽승이라는 동창의 외람첩형이지?"

왕인이 자못 화들짝 놀라며 목소리를 낮추어서 속삭였다.

"저기, 명색이 동창의 이인자인데 족제비는 좀…… 그리고 사실 아직 동창이라는 이름도 그렇게 마구 말하며 안 됩니다, 도련님."

아무리 목소리를 낮추었음에도 전음이 아닌 이상 지근거리에 있는 사람의 귀에 들어가지 않을 리가 없었다.

하물며 동창의 이인자인 외람첩형 곽승은 실로 종리매조차 감히 함부로 대하지 못할 정도의 무력을 가진 고수였다.

공포 정치의 산실(産室)로 악명이 자자한 명 황실에는 오래전부터 저마다 오직 한 가지 목적만을 위해 탄생되고, 키워지는 시종과 시비들이 있어서 그들의 남자는 궁시(宮侍), 여자는 궁비(宮婢)라고 통칭하는데, 곽승은 그중에서도 무시(武侍)라고 하는 부류의 출신이기 때문이다.

즉, 곽승은 애초에 무공을 배워서 황족인 사내들을 보호하기 위해 탄생되고, 키워진 환관인 것이다.

아니나 다를까.

"뭐라고?"

곽승이 삐딱하게 반문했다.

홍시처럼 붉어진 얼굴로 삐딱하게 설무백을 바라보는 그의 두 눈에 사나운 불이 들어와 있었다.

분노의 기운이 머리 꼭대기까지 차오른 오른 모습이었다.

그도 그걸 것이, 대내무반을 거치지 않고 일종의 특채로 동창의 이인자로 등극한 그는 자신처럼 특채로 친위대장의 자리를 차지한 설인보 장군에게 조금의 호감도 없었다.

그뿐 아니라, 설인보 장군의 아들이라는 설무백에 대해서는 본색을 전혀 모르는 상태에서 그저 은연중에 악감정만 키우고 있었다.

연왕에게 설인보 장군을 아끼는 마음이 다분한 것도 적잖게 거북한데, 틈틈이 드러내는 설무백에 대한 연왕의 애정과 믿음이 못내 그의 질투심을 극도로 자극한 까닭이었다.

전날 조무를 보내서 설무백의 주변을 살핀 것도, 오늘 나오던 길에 설무백이 누군지 듣고도 애써 외면하며 사납게 구는 이유도 바로 거기에 있었다.

그런데 안 그래도 조무의 실패로 속이 좋지 않은 그의 면전에서 순순히 포박을 당해도 시원찮을 설무백이 가소롭게도 대놓고 반항하고 있었다.

곽승이 눈에 불을 킨 이유가 거기에 있었다.

이건 연왕에게 그토록 아끼는 설무백이 사실은 별거 아닌 인물이라는 것을 보여 줄 수 있는 기회였다.

그는 무공을 모르는 연왕의 눈에는 어지간한 무인도 대단해 보일 것이라는 생각을 가지고, 더불어 스스로의 실력에 대해 상당한 자부심을 가지고 있는 사람이었다.

그는 보란 듯이 분기탱천한 모습을 드러내며 칼을 뽑아 들고 나섰다.

"건방진 놈! 참으로 무례하고 불량스럽기 짝이 없도다! 설 장군의 얼굴을 봐서 대충 포박 정도로 넘어가려 했더니만, 안 되겠다! 네 아비의 권력이 너의 무례함을 지켜 줄 수 없다는 것을 내가 가르쳐 주마!"

설무백은 정말이지 같잖다는 눈초리로 앞으로 나선 곽승을 바라보며 말했다.

"가르쳐 주는 거야 네 맘이니 내가 상관할 바 아니다만, 다시 한번 유심히 잘 봐라. 너, 나 감당할 수 있겠냐?"

"미친놈!"

곽승이 코웃음을 치며 쇄도해 들었다.

다른 자들의 그것과 달리 배꽃처럼 하얀 도신이 그와 설무백 사이의 최단거리를 가로지르고 있었다.

창졸간에 펼친 것치고는 전광석화(電光石火)처럼 빠르면서도 정확하며 독랄(毒辣)하기 짝이 없는 손 속이었다.

정면이 아닌 측면에서부터 찌르고 들어오는 초식의 변화를 보면 중원의 도법과는 궤가 다르다고 알려진 천산파 계통인 세외 무림의 도법으로 보였는데, 그 도법으로 가차 없이 그의 목을 노리고 있었다.

그러나 기다렸다가 펼친 것처럼 가혹하고 신랄한 그 공격이 설무백에게는 전혀 통하지 않았다.

설무백은 곽승의 공격이 예상보다 조금 빠른 듯 보여서 약간 이채롭다는 표정을 지었지만, 그게 다였다.

사삭―!

공기를 가르는 칼날의 소음이 지근거리로 다가온 순간에 움직인 그의 한 손이 마치 어른이 아이의 팔을 꺾듯 손쉽게 칼날 아래로 파고들어서 곽승의 손목을 잡아 비틀고, 그 손이 쥐고 있던 칼을 빼앗아 버렸다.

이른 바, 공수탈백인(空手奪白刃)의 일 수였다.

"어……?"

얼떨결에 밀려 나간 곽승이 어리둥절해하다가 뒤늦게 자신이 검을 빼앗겼다는 사실을 인지하고는 불같이 화를 내며 달려들었다.

살아오면서 오늘과 같은 망신을 당한 적이 한 번도 없는 그였다.

"죽인다!"

그러나 장기인 칼을 들고도 안 되는 것이 어찌 맨손으로 가능할 것인가.

그 바람에 진짜 망신이 시작되었다.

설무백은 이성을 잃고 두 주먹을 휘두르며 달려드는 곽승을 한심하다는 듯 바라보다가 일순 한 손을 내밀어서 그의 두 손목을 가볍게 낚아채 버렸다.

"헉!"

졸지에 두 손목이 설무백의 손에 잡혀 버린 곽승이 기겁하며 헛바람을 삼켰으나, 때는 이미 늦었다.

손목을 뺄 수도 없고, 그렇다고 물러날 수도 없었다.

설무백의 한 손에 잡힌 그의 두 손목은 마치 거대한 철벽에 파묻힌 것처럼 꼼짝달싹도 하지 않았다.

설무백은 한 손에 움켜쥔 그의 두 손목을 당겨서 가까이 오게 하더니 다른 손을 휘둘러 호되게 따귀를 때리고 그를 내던졌다.

짝—!

경쾌한 타격음과 함께 곽승의 신형이 저만치 나가떨어졌다.

곽승은 제아무리 분하고 억울해도 여기서 멈추었어야 했다. 하지만 이미 이성을 잃은 그는 멈추지 못했다.

"우아아아아—!"

상처 입은 야수가 따로 없었다.

발작적으로 일어난 곽승은 대번에 부어오른 뺨과, 코피를
줄줄 흘리는 몰골로 무슨 말인지도 모를 욕설을 고래고래 내
지르며 설무백에게 달려들었다.

　이에 설무백은 한심하다 못해 짜증이 솟구쳐서 한결 완강한
손 속을 발휘해 앞서처럼 그의 두 손목을 한 손에 잡고 냉정한
충고와 더불어 다시금 그의 따귀를 후려갈기기 시작했다.

　"그래서 내가……!"

　짝―!

　"기회를 줬잖아!"

　짝―!

　"감당할 수 있냐고!"

　짝―!

　"기회를 줄 때는 뭐 하고!"

　짝―!

　"왜 이제 와서……!"

　짝―!

　"울고불고 난리야!"

　짝―!

　"네가 어린애냐!"

　짝―!

　"어린애가 아니니 한 대 더 맞아라!"

　짝―!

곽숭이 뒤로 나뒹굴었다.

설무백이 마지막 따귀를 끝으로 한 손으로 잡고 있던 그의 두 손목을 놓아 버린 결과였다.

하지만 그의 수모는 거기서 끝나지 않았다.

피범벅으로 변한 곽숭의 얼굴은 아무리 빨라도 절대 안정하고 보름은 넘어야 제정신을 차릴 것처럼 보였으나, 밤하늘을 가르는 유성처럼 지상으로 떨어져 내린 검은 인영이 그 순간에 그의 가슴을 발로 짓밟고 있었다.

설무백이 왕부의 담을 넘기 전에 밖에서 대기하라고 일렀던 공야무륵이었다.

소란에 놀라서 참다못해 뛰어든 것 같은데, 그가 곽숭의 가슴을 밟은 채로 설무백을 향해 물었다.

"죽일까요?"

"뭣들 하는 게냐! 당장에 저놈을 잡아라!"

곽숭이 고개를 쳐들고 미친 듯이 바동거리는 상태로 입을 벌려서 피를 튀겨 가며 소리치고 있었다.

만신창이가 된 얼굴로 공야무륵의 발아래 깔려 있음에도 불구하고 여전히 기가 죽지 않은 모습이었다.

다만 그의 명령에 반응하는 사람은 없었다.

설무백의 신분은 차치하고, 압도적이고 경의적인 무위에 짓눌려서 다들 꼼짝도 하지 못하는 듯했다.

오히려 설무백의 눈치를 보는 상황이었다.

설무백은 그건 또 그것대로 마음에 들지 않았으나, 그사이에 곽승을 쳐다보며 잠시 망설였다.

곽승의 성마른 태도가 눈에 거슬리긴 하나, 그것만으로 곽승을 평가하고 가치를 예단하기는 어려웠다.

곽승의 입장에서는 그가 아비의 배경을 믿고 남몰래 담을 넘을 정도로 되바라지게 설치는 망나니로 보였을 테니, 성마르게 구는 것이 오히려 당연한 태도일 수도 있었다.

그에게는 몰라도 연왕에게는 도움이 되는 자라는 결론인 것인데, 무엇보다도 그가 곽승의 생사를 결정하는 것은 주제넘은 짓이라는 생각이 들었다.

곽승이 어떤 자이든 간에 존재 가치를 결정하는 것은 그가 아니라 연왕의 몫이었다.

설무백이 그렇게 마음을 정하는 순간이었다.

인기척과 함께 홀로 나타난 사람 하나가 그와 같은 생각을 드러냈다.

"참으시지요, 설 공자. 그건 설 공자께서 결정할 문제가 아닙니다. 더는 일을 어렵게 만들지 마시고 선처를 부탁드립니다."

곽승처럼 검붉은 비단옷을 차려입은 사내였다.

역시나 곽승처럼 분을 바르고 있는 하얀 얼굴이라서 제대로 나이를 짐작하기는 어려웠으나, 얼추 중년으로 보이는 환관이었다.

설무백이 뭐라고 대답하기도 전에 곽승이 다시금 소리를 질렀다.

"선처라니! 당소기(唐小機), 지금 무슨 개소리를 하고 있는 거냐! 어서 당장 저놈을 포박해서 동창의 명예를 지키지 못할까!"

설무백은 미간을 찌푸리며 공야무륵을 향해 말했다.

"시끄러우니까 그 입 좀 조용히 시켜라."

공야무륵이 기다렸다는 듯 매우 거친 방법으로 곽승을 조용히 시켰다.

대번에 그 얼굴에 주먹을 내리꽂아서 혼절시켜 버린 것이다.

'퍽' 하는 소리와 함께 장내에 고요가 내려앉았다.

설무백은 그제야 새롭게 나타난 검붉은 비단 제복의 환관, 당소기에게 냉정한 시선을 주며 말했다.

"세상에서 가장 기분 나쁜 것 중에 하나가 나는 상대를 모르는데, 상대는 나를 알고 있는 거지."

당소기가 재빨리 공수하며 자신의 신분을 드러냈다.

"모처의 내람첩형 당소기입니다."

동창이라는 이름이 이미 다 드러난 마당임에도 당소기는 굳이 여전히 그 이름을 감추고 있었다.

신중한 걸까, 음흉한 걸까?

설무백은 당소기가 속으로는 앙앙불락(怏怏不樂)하면서 겉으로는 내색하지 않고 있는 건지도 모른다는 생각이 들었으나, 그냥 넘어가기로 했다.

당소기 정도의 인물까지 안중에 두고 싶지 않았다.

그 역시 그가 아니라 연왕이 판단할 몫이라는 생각이 들어서 더욱 그랬다.

　"처음 뵙겠소, 설무백이오."

　"설 장군님을 뵈러 오신 건가요?"

　당소기의 질문을 들은 설무백은 기분이 묘했다.

　분명 곽승은 그가 설인보 장군의 아들이라는 것 이상의 무언가를 알고 나서는 눈치였는데, 지금 당소기는 전혀 그런 느낌이 들지 않았다.

　'저자는 알고, 이자는 모른다는 건가?'

　호형호제하는 연왕과 그의 관계를 염두에 두고 떠올린 생각이었다.

　그는 혹시나 몰라서 물어보았다.

　"왜 그렇게 생각하오?"

　당소기가 너무도 당연한 질문이라 오히려 난감하다는 기색으로 멀거니 그를 쳐다보며 대답했다.

　"그야 설 공자가 설 장군님의 아드님이시니 당연히……?"

　설무백은 당소기가 몰라도 너무 모르는 것 같아서 오히려 미심쩍었으나, 내색을 감가며 말했다.

　"나는 아버님이 아니라 왕야를 만나러 왔소."

　당소기의 안색이 변했다.

　이해할 수 없다는 표정이었다.

　"무슨 일로 왕야를……?"

"일단 갑시다."

설무백은 대수롭지 않게 말을 자르고는 당소기와 마찬가지로 어리둥절해하고 있는 종리매를 향해 말했다.

"같이 가죠?"

거마효웅巨魔梟雄 (4)

설무백이 도착했을 때, 연왕은 거처인 전각의 대청에 나와서 앉아 있었다.

상단의 태사의가 아니라 중앙의 팔선탁이었다.

정장이 아닌 잠옷 차림인 것으로 봐서 침실에 있다가 누군가의 전갈을 듣고 나와서 기다린 것 같았다.

설무백을 반갑게 맞이하며 건네는 첫마디도 그런 정황을 말해 주었다.

"담을 넘고 들어와서 애들을 두들겨 패며 소란을 피웠다면서?"

"어떤가 보려고요?"

"왕부의 경비가……?"

"예."

"이 우형의 안위가 걱정되어서 말이지?"

"요즘 세상이 좀 어수선하잖아요."

설무백의 대답을 들은 연왕이 못내 싫지 않은 표정을 지으며 투덜거렸다.

"그 정도라도 걱정을 했다니, 다행이긴 하군. 난 또 죽었는지 살았는지 도통 연락이 없어서 그 사이 아우가 이 우형을 아주 잊어버린 건 아닌가 했는데 말이야."

설무백은 짐짓 곱지 않은 시선으로 연왕을 바라보았다.

"나이도 얼마 안 되신 분이 무슨 노인네처럼 그리 삐지고 그래요? 연락이 없으면 그냥 바쁜가 보다, 무소식이 희소식이다, 하면 되지."

연왕이 자못 두 눈을 치켜뜨며 그를 보았다.

"요즘 세상이 어수선하다는 말은 아우의 입에서 나온 소리 아닌가?"

설무백은 멋쩍은 듯 뒷머리를 긁었다.

"그게 또 그렇게 되나?"

그는 작게 실소하고는 이내 연왕을 향해 반갑게 웃는 낯으로 공수했다.

"아무튼, 이렇게 형님의 건강한 모습을 뵈니 다행이다 싶네요. 그동안 별고 없으셨죠?"

연왕이 따라 웃으며 자리를 권했다.

"일단 앉아. 별고가 너무 많아서 할 말이 태산이니까."

설무백은 새삼 멋쩍게 웃으며 팔선탁의 한 자리를 차지하고 앉았다.

연왕의 시선이 그제야 비로소 뒤쪽에 어정정한 모습으로 서 있는 당소기와 종리매를 향해 돌려졌다.

"왜 자네들만 왔어? 곽승은 뭐 하고?"

호형호제(呼兄呼弟)하며 누가 봐도 친 혈육과 같은 애정을 나누는 두 사람의 모습에 얼이 빠져 있던 당소기가 정신을 퍼뜩 차리며 말을 더듬었다.

"아, 그게, 외람첩형은 약간의 사고를 당하는 바람에 거동을 하기가 어려워져서……!"

"고작 뺨따귀 몇 대 맞았다고 거동이 불편하다는 건가?"

대뜸 터져 나온 연왕의 싸늘한 질타에 당소기의 안색이 굳어졌다.

이미 모든 사실을 다 알고 분노의 기색을 드러내는 연왕의 태도에 어찌할 바를 모르고 파랗게 질려 버린 모습이었다.

연왕이 그런 그를 냉정하게 바라보며 명령했다.

"다른 소리 말고 당장에 가서 데려오게."

"엡!"

당소기가 일고의 여지도 없이 깊이 고개를 숙이며 대답하고는 돌아서서 밖으로 나갔다.

그 모습을 냉정하게 외면한 연왕이 우두커니 서 있는 종리매를 향해 끌끌 혀를 차며 눈총을 주었다.

"자네는 너무 물러! 지위 고하를 논할 수 없는 사이에 왜 그리 자꾸 애기를 살려 주고 그래? 배려가 지속되면 권리로 안다는 거 몰라?"

종리매가 머쓱하게 고개를 숙였다.

"죄송합니다."

연왕이 정말 마음에 안 든다는 듯 새삼 혀를 차며 탁자를 두드렸다.

"어서 앉기나 해."

종리매가 어색하게 웃으며 팔선탁의 안 자리를 차지하고 앉았다.

설무백은 정말 신기하다는 눈빛으로 연왕을 쳐다보며 물었다.

"밖도 한참 밖에서 벌어진 상황을 직접 눈으로 본 것처럼 알고 계시네요. 하물며 수하들은 그 이유를 전혀 모르는 것 같고. 대체 수하들도 모르게 어떤 귀신을 부리고 있는 거예요?"

기실 몰라서 묻는 것이 아니었다.

알고 있기에 묻는 것이었다.

그는 여기 대청으로 들어오기 전부터 고도의 은신술로 암중에 웅크린 채 자신을 주시하는 두 개의 시선을 느끼고 있었다.

연왕이 의미심장한 미소를 흘렸다.

그는 설무백이라면 이미 다 알고 있을 것이라고 생각했는지 보란 듯이 어깨를 으쓱이며 자랑했다.

"어때? 쓸 만하지? 위국공이 내게 보내 준 아이들인데, 무려 이십 년이나 가르친 제자들이라고 하더군."

설무백은 내심 감탄했다.

위국공의 무력은 익히 잘 알고 있지만, 아무리 그래도 이 정도의 제자를 키워 낸다는 것은 결코 쉬운 일이 아니었다.

지금 암중에 웅크린 두 사람의 능력은 그 정도로 뛰어났다. 적어도 혈영과 동급이거나, 앞서는 수준으로 느껴졌다.

그때였다.

호랑이도 제 말하면 온다더니, 딱 그 짝이었다.

밖에서 우당탕하고 황급히 서두르는 인기척이 들려오더니, 이내 백발이 성성한 노장군 위국공이 대청의 문을 활짝 열고 들어왔다.

"오, 정말로 비공이 왔군. 실로 잘 왔네. 안 그래도 계속 연락이 없으면 조만간 사람을 보내서라도 한번 자리를 마련하려고 했는데 말이야. 하하하……!"

설무백은 어리둥절했다.

위국이 이렇게나 그를 반길 줄은 정말 예상하지 못한 일이었다.

지금까지 그와 위국공은 그저 서로가 서로를 인정하는 선에서 유지되는 친분이었지, 지금처럼 허겁지겁 달려 들어와서 반기는 사이가 아니었던 것이다.

아니나 다를까, 이유가 있었다.

연왕이 그것을 말해 주었다.

"저는 보이지도 않으십니까?"

위국공에게 자못 곱지 않은 시선을 주며 한마디 한 연왕이 이내 설무백을 향해 은근슬쩍 속삭였다.

"아우에게 도움을 청하려고 저러는 거야. 나를 말려 달라고. 사실 내가 이번에 마음을 정했거든."

설무백은 느낌 적이 느낌으로 인해 연왕이 무슨 마음을 정했다는 것인지가 벽락처럼 뇌리를 스치고 지나갔다.

그러나 얘기가 거기서 멈추었다.

때마침 당소기가 곽승을 데리고 오는 바람에 더 이상 설무백이 짐작하는 그쪽의 대화를 진행할 수가 없었다.

곽승은 그사이 볼이 더욱 부풀어 올라서 본래의 형상을 찾기 어려운 얼굴로 당소기의 부축을 받으며 대청으로 들어서고 있었다.

연왕이 그런 곽승을 보기 무섭게 대뜸 준엄한 목소리로 물었다.

"어찌하여 그런 몰골인가?"

곽승이 당소기의 부축을 뿌리치고 털썩 무릎을 꿇으며 바닥에 머리를 찧었다.

"전부 다 저의 부족이고, 불찰입니다! 죽여 주십시오, 전하!"

연왕이 경멸에 찬 눈빛으로 싸늘하게 곽승을 쏘아보았다.

"너를 추천한 것은 조(趙) 창공(廠公)이지만, 그걸 승인하고 지금의 그 자리에 앉힌 것은 바로 짐이다. 그런데 너는 고작 한마디로 짐을 사람 하나 제대로 볼 줄 모르는 바보 등신으로 만들어 놓고, 책임을 지기는커녕 죽음으로 도피하려 드는구나. 실로 지금 그것을 바라는 게냐?"

곽승이 한 대 맞은 것 같은 충격을 받은 사람처럼 부르르 몸을 떨고는 재차 바닥에 머리를 찧으며 말을 바꾸었다.

"아닙니다, 전하! 소관의 생각이 짧았습니다! 살려 주십시오, 전하! 살려만 주신다면 반드시 부족함을 채우고, 더는 불찰을 저지르지 않으며 전하의 성은에 보답하겠습니다!"

연왕이 피식 웃고는 자신의 곁에 앉은 설무백의 어깨를 툭 건드리며 소곤거렸다.

"어때? 그리 쓸모없는 녀석은 아니지?"

설무백은 가볍게 따라 웃으며 고개를 끄덕였다.

"그렇긴 하네요."

그냥 예의로 하는 말이 아니었다.

진심으로 자신의 잘못을 쉽게 인정할 수 있는 사람은 세상에 흔치 않았다.

곽승은 그런 면에서 인정해 줄만 했다.

당연하게도 지금의 태도가 거짓이 아니라 진심으로 여겨졌기 때문이다.

연왕이 그의 대답에 기분 좋게 웃었다.

그리고 서서 고개를 숙이고 있는 당소기와 바닥에 엎드려 머리를 조아린 곽승을 번갈아 보며 불쑥 물었다.

"비공이 누구냐?"

당소기와 곽승이 누가 먼저랄 것도 없이 동시에 대답했다.

"동창을 있게 한 사람이며, 폐하께서 유일하게 신임하고 의지하는 왕부의 수호신입니다!"

연왕이 한차례 고개를 끄덕이고는 명령했다.

"고개를 들어라!"

당소기와 곽승이 고개를 들었다.

연왕이 그런 그들을 향해 싱긋 웃는 낯으로 곁에 앉은 설무백의 어깨를 두드리며 말했다.

"정식으로 인사하거라. 짐의 아우인 비공이다."

"창공이 없는 게 아섭군. 그는 이 우형의 지시로 모처에 나가 있어서 말이야."

연왕은 설무백이 당소기와 곽승을 정식으로 소개받고 통성명을 끝난 자리에서 일말의 아쉬움을 토로했다.

창공이 동창의 수장인 제독동창의 다른 명칭임을 익히 잘 아는 설무백은 그로 인해 사태의 심각성을 어느 정도 인지할 수 있었다.

요즘처럼 혼란한 시기에 첩보 기관의 수장인 제독동창에게 주어질 외부의 임무는 그다지 많지 않았다.

과연 위국공이 부리나케 달려온 이유가 있었던 것이다.

설무백은 거두절미하고 그것부터 확인했다.

"실로 모반(謀叛)을 도모하시려는 겁니까?"

호시탐탐 말할 기회를 노리는 기색이던 위국공의 눈이 빛을 발했다.

마침내 원하는 얘기가 나온 데다, 상황을 부정적으로 보는 것 같은 그의 기색 때문일 것이다.

반면에 안 그래도 설무백이 아우이자, 비공이라는 연왕의 선언에 주눅이 들어서 소침해 있던 당소기와 곽승은 한겨울의 초목처럼 바짝 얼어붙어 버렸다.

이유 여하를 막론하고 모반이라는 말은 천하의 그 누구도 함부로 입에 담을 수 없는 말이었기 때문이다.

그러나 정작 연왕은 그런 기색이 없었다. 그저 조금 아쉽다는 눈치였고, 그 상태로 그와 같은 대답을 흘렸다.

"이렇게 달려온 아우를 보고 짐작은 했어. 이 우형이 혹시나 그런 결정을 내렸을까 봐 부리나케 달려온 거지?"

설무백은 짧게 인정했다.

"예."

위국공의 표정이 더 없이 밝아지는 가운데, 연왕이 물었다.

"절대 안 된다는 거야, 아니면 아직 때가 아니라는 거야?"

장내가 침묵 속에 가라앉았다.

어느 것을 결정하느냐에 따라서 이건 정말 무시무시한 질문이었다.

설무백은 그런 것을 아무렇지도 않게 대꾸했다.

"주제넘은 말이긴 하나, 형님은 틀림없이 황상의 자리에 오를 겁니다. 다만 지금은 아닙니다."

"참아야 한다?"

"예."

연왕이 무슨 생각인지 모를 표정으로 고개를 끄덕이며 자리에서 일어나 주변을 서성이며 입을 열었다.

"조카가 아니, 황태손이 모든 번왕들을 아버님의 장례에 참가하지 말라고 했어. 내게도 전령을 보냈더군. 시국이 어수선하여 소례(小禮)로 대신할 터이니, 나서지 않아도 된다나 뭐라나."

새삼 울컥하는 감정을 삭이는 듯 한차례 헛기침을 한 연왕이 계속 말했다.

"황태손이 무슨 생각을 하는지는 몰라도 그냥 따라 주었어. '번왕들은 장례가 끝날 때까지 응천부로 발을 들이지 말고 각자의 영지를 지켜라'라는 칙서에 아버님의 인장이 찍혀 있기도 했고. 아버님의 유언이라서 참은 거야. 가게 되면 그냥 넘어갈 것 같지 않아서. 싫든 좋든 낳아 주신 아버님 가시는 길에 피바람은 가당치 않잖아. 그다음에 어떤 일이 일어났는지는 아우도 잘 알지?"

물론 설무백도 알고 있었다.

북평으로 오는 도중에 벌어진 일이었다.

황태손은 아버지인 전대 황제의 상여가 황궁을 떠나기 무섭게 황상의 자리에 올라서 새로운 황조를 선언했다.

"사실 그것까지는 넘어갈 수 있어. 내가 이해를 하고 못하고를 떠나서 그게 아버님의 뜻이었으니까 적어도 깊이 생각해 볼 여지는 충분했거든. 그런데 황태손이 황상에 자리에 앉기 무섭게 해치운 일이 무엇인지 알아?"

설무백은 미간을 찌푸렸다.

지금 연왕의 질문은 그가 모르는 것이었다.

아무래도 그사이 그가 모르는 무슨 일이 더 벌어진 모양이었다.

연왕이 그의 표정을 보더니 쓰게 웃으며 말을 이었다.

"육부상서의 지위를 정일품으로 높였어. 문관들의 기능을 강화한다는 명목으로 자신의 입지를 다진 거지."

서거한 태조는 무를 숭상하는 사람이기도 했지만, 무력으로 천하를 차지하였으므로 자연히 무관을 중용했다.

단적으로 짚어 보면 대도독부의 좌우도독는 정일품이고, 좌우도독 아래 도독동지(都督同知)마저 종일품인데 반해, 문관인 육부상서의 품계는 고작 정이품이었다.

황상에 자리에 오른 주윤문이 평소 문치를 숭상해서 무관중용의 풍토를 마뜩찮게 여긴 것은 사실이나, 이것은 연왕의 말마따나 자신의 입지를 다지려는 생각이 없다면 절대 벌어질 수 없는 파격이었다.

"왜 그리 서두르나 했는데, 이유가 있더군. 곧바로 번왕들의 영지를 삭감해서 중앙에 편입시켰어. 번왕들에게 양해를 구하는 등 따로 절차를 밟은 게 아니야. 그냥 통보를 했지. 내게는 그제 왔지, 그 통보가."

연왕이 서성거리던 발걸음을 멈추고 설무백에게 시선을 주었다.

"자, 이제 아우의 생각을 들어 보도록 하지. 과연 황태손의 아니, 황상의 의중이 어디에 있는 것 같아?"

설무백은 답을 알고 있었으나, 못내 대답할 수 없어서 그냥 침묵했다.

하지만 연왕도 이미 알고 있었다. 그는 설무백의 표정을 보고는 피식 웃으며 대답을 기다리지 않았다.

"삭번(削藩)이야!"

연왕은 단호하게 잘라 말했다.

"황상은 지금 지난날 아버님 태조가 했던 것처럼 자신의 자리를 위협한다고 생각되는 일족을 제거하려는 거야!"

그리고 재우쳐 물었다.

"이래도 내가 참아야 한다고 생각해, 아우는?"

설무백은 추호도 망설이지 않고 대답했다.

"예, 참아야 합니다."

연왕의 표정이 무참하게 일그러졌다. 공을 들인 자신의 설명이 허무하게 무위로 돌아가자 매우 실망한 표정이었다.

설무백은 그에 아랑곳하지 않고 태연하게 말을 덧붙였다.

"저쪽을 지원하는 세력이 있습니다. 황상이 그들을 부리는 건지, 그들이 황상을 이용하는 것인지는 모르겠으나, 실로 대단한 자들이라, 지금 형님이 가진 무력이 통할지 어떨지 장담하기 어렵습니다."

연왕이 턱을 매만지며 지그시 설무백을 바라보았다.

충분히 놀랄 만한 사실을 알려 주었는데도 별다른 반응이 없다는 것은 그 역시 이미 그와 같은 사실을 알고 있었다는 뜻일 것이다.

아니나 다를까, 과연 연왕이 이내 그것을 털어놓았다.

"강호 무림이 매우 어수선하게 돌아간다는 얘기를 들었지. 전에 없이 심상치 않은 무리가 출몰하고 있다지? 천사교인가 그렇지 아마?"

설무백은 피식 웃으며 되물었다.

"그건 또 어떻게 아셨어요?"

연왕이 당연하다는 듯이 대답했다.

"무림맹이 있잖아. 거기 저쪽 편만 있는 것이 아니라 내편도 더러 있거든."

"아……!"

"사실 이번에 창공이 직접 밖으로 나선 이유가 그들, 천사교 때문이야. 대체 그들로 인해 무슨 일이 벌어지고 있는 건지, 또 그것이 응천부와 관련이 있는 건지 없는 건지를 알아보려고 말이야."

설무백은 이미 짐작한 일이라 그저 묵묵히 고개를 끄덕였다.

그런 그를 자못 유심히 쳐다보던 연왕이 불쑥 물었다.

"혹시 지금 아우가 말하는 자들이 천사교라는 무리와 관련이 있나?"

설무백은 자신이 아는 그대로 솔직하게 대답해 주었다.

"있습니다. 다만 천사교는 그들의 일부에 지나지 않는다는 것이 저의 판단입니다."

"음."

연왕이 절로 침음을 흘리다가 이내 눈을 빛내며 물었다.

"아우의 눈으로 그들의 저력을 평가해 본다면?"

설무백은 망설임 없이 대답했다.

"저와 같은 자가 적게는 십여 명, 많게는 수십 명 있다고 보면 됩니다."

연왕이 불시에 한 대 맞은 것 같은 충격을 느낀 것처럼 안색이 변해서 두 눈을 부릅떴다.

그러다가 이내 피식 웃고는 말했다.

"내게 경각심을 주기 위해 하는 선의의 거짓이라고 생각하도록 하지. 나는 세상 어디를 가도 아우보다 뛰어난 사람이 있다고는 절대 생각하지 않으니까. 아니, 그런 생각조차 하기 싫어. 그런 사람이 내 반대편에 서 있다고 생각하면 정말 끔찍해서 말이야."

설무백은 가타부타 부연하기보다는 그저 피식 웃는 것으로 화답하며 확인했다.

"그래서 참겠다는 거죠?"

의자의 등받이를 잡고 두 손으로 잡고 서 있던 연왕이 새삼 물러나서 주변을 서성거리며 말했다.

"황상의 자리에 앉은 지 얼마나 되었다고 나를 노리는 자객이 벌써 대여섯 차례나 왕부의 담을 넘어 들어왔어. 정면공격은 조카가 삼촌을 박해한다는 소리를 들을까 봐 두려운 거겠지. 물론 그게 정말 성은(聖恩)인지, 아니면 대소신료들은 간언에 의해 마지못해 나선 것인지는 모르겠지만……."

잠시 말꼬리를 늘인 연왕은 그대로 멈추고 서서 설무백을 향해 싱긋 웃으며 말을 끝맺었다.

"아무려나, 아우의 뜻대로 참기로 하지. 내가 참으면 정작 황상이 못 참고 나설 것 같아서 걱정이긴 하지만 말이야."

"저쪽도 당분간은 참을 겁니다."

"어째서?"

"형님도 생각보다 만만치 않은 사람이거든요."

"아우에게 인정받으니 기분 좋군."

설무백은 피식 웃으며 말했다.

"시간 내서 무공을 좀 배우세요."

연왕이 어리둥절해했다.

"느닷없이 무공은 또 왜?"

설무백은 대답 대신 하던 말을 마저 했다.

"한여름에 화롯불을 껴안고 살거나, 한겨울에 연못으로 뛰어들어도 아무 일 없이 멀쩡할 정도까지만 익히면 됩니다. 가끔 대낮에 술 좀 많이 드시고, 실없이 정원의 정자에서 잠도 자고요."

연왕이 이제야 무슨 말인지 깨달은 듯 오만상을 찡그리며 물었다.

"지금 나보고 미친 척을 하라는 거야?"

설무백은 자리를 털고 일어나며 대답했다.

"그냥 실없는 행동으로 저들의 주위를 흐리라는 소립니다. 안 그러면 저쪽에서 계속 자객을 보낼 테고, 그 자객들을 계속 막아 내면 정말로 저쪽이 경계심을 가져서 명분이고 자시고 그냥 정면으로 치고 들어올지도 모르니까요."

"아……!"

연왕이 과연 그렇겠다는 표정으로 수긍하다가 이내 정신을 차리며 물었다.

"근데, 왜 일어나? 어디를 가려고?"

설무백은 피식 웃으며 대답했다.

"오실 줄 알았는데 안 오시니 제가 가 봐야죠. 이번에도 안 뵈고 그냥 갔다간 평생 불효자로 낙인이 찍힐 것 같아서……."

연왕이 그제야 깨달은 표정으로 물었다.

"내가 깜빡했군. 부를까?"

"아니요."

설무백은 멋쩍게 고개를 저으며 말했다.

"생각해 보니 다른 사람에게 고개 숙이는 아버님은 보기 싫네요. 아버님도 그게 싫어서 안 오셨나 싶기도 하고요."

연왕이 짐짓 곱지 않은 눈초리로 설무백을 노려보았다.

"내 앞에서 그런 말을 할 수 있는 사람은 이 세상천지에 아우, 너 하나뿐인 거 알지?"

설무백은 짐짓 마주 노려보며 대꾸했다.

"피장파장입니다. 제 아버님을 부릴 수 있는 사람은 이 세상천지에 형님 하나뿐이니까요."

"그게 또 그렇게 되나?"

연왕이 턱을 당기며 입맛을 다셨다.

설무백은 그저 웃는 낯으로 공수하며 돌아서서 대청을 빠져나왔다.

연왕이 그런 그의 등에다가 대고 소리쳤다.

"말없이 그냥 가기 없기다, 너!"

설무백은 다시 돌아서서 공수하는 것으로 대답을 대신하고 대청을 벗어났다.

대청 밖에는 공야무륵과 왕인이 기다리고 있었다.

왕인이 눈치 빠르게 나서며 안내했다.

"이쪽으로 가시면 됩니다."

설무백은 왕인의 안내에 따라 아무도 없는 복도를 벗어나서 전각을 나섰고, 무려 서너 개의 정원을 구획하는 십여 개의 담과 문을 지나서 왕부의 서쪽에 자리한 드넓은 정원으로 들어섰다.

아니, 정원이라기보다는 여느 농장처럼 꾸며진 장소였다.

구획하는 담이 유독 높아서 왜 그러나 싶었는데, 이유가 있었다.

일부는 채소가 자라는 텃밭으로 꾸며져 있고, 다른 일부는 수천 아니, 족히 수만을 헤아리는 거위 떼를 풀어 놓은 채 기르고 있어서 냄새는 둘째 치고 꽥꽥대는 소리가 하늘을 찔렀다.

설무백은 절로 오만상을 찡그렸다.

"이런 곳에 아버님의 거처가……?"

"저깁니다, 도련님."

거위 떼가 뛰어노는 드넓은 우리와 하나의 담을 사이에 둔 정원가의 투박한 한 채의 전각이었다.

친위대장의 거처로는 참으로 어울리지 않았다.

건물의 규모는 둘째 치고, 위치부터가 잘못되었다.

연왕을 최측근에서 경호해야 하는 친위대장의 거처가 이리도 멀리 떨어져 있다는 것 자체가 납득하기 어려웠다.

그랬는데, 오래전에 지어진 듯 낡고 허름한 그 전각으로 들어서자 그 모든 의문이 절로 풀렸다.

낡고 허름해도 건물의 벽은 벽, 골치가 아플 정도로 꽥꽥거리는 거위들의 울음소리가 그 벽으로 인해 조금이나마 차단되자 무언가 이런 곳에서는 들을 수 없는 혹은 들리면 안 되는 이

질적인 소음이 들려왔기 때문이다.

쇳덩이로 쇠를 두드리는 소리, 대장간에서나 들을 수 있는 망치질 소리였다.

그리고 그 속에는 뜨겁게 달구어진 쇳덩이를 일시에 식히는 담금질 소리도 드문드문 섞여 있었다.

어지간한 무인의 귀에도 들리지 않았을 터이다.

하지만 극도로 강화된 그의 청각은 작게나마 정확하게 그 소리들을 잡아낼 수 있었다.

수만 마리의 거위 떼가 뛰어노는 우리의 아래, 땅속에 사람들의 이목을 가린 거대한 대장간이 자리해 있는 것이다.

"들리냐?"

설인보가 몇 년 만에 만난 아들을 보고 건넨 첫마디였다.

이유 여하를 막론하고 아버지와 아들이라는 것일까?

설무백이 내색을 삼갔음에도 불구하고 설인보는 그가 무언가 느꼈다는 것을 포착해 버린 것이다.

설무백은 어깨를 으쓱하며 대답했다.

"들리네요."

설인보가 무심하게 말했다.

"안 들리는 것으로 해라."

거마효웅巨魔梟雄 (5)

감추어진 대장간에서 무엇이 만들어질지는, 그것도 천하의 패권을 노리는 왕부가 영내에 숨긴 대장간에서 무엇이 만들어질지는 불 보듯 뻔했다.

병장기였다.

실로 연왕은 전쟁을 준비하는 중이었고, 아버지 설인보는 단순히 친위대의 수장이 아니었던 것이다.

설무백은 피식 웃었다.

"어째 좀 이상하다 하긴 했어요?"

설인보가 딴청을 부리며 대꾸했다.

"뭐가?"

"그냥 넘어가죠?"

설무백은 앞서 설인보가 무심히 그를 바라보며 안 들리는 것으로 하라고 말할 때와 같은 태도로 대꾸하며 주변을 둘러보았다.

전각의 대청이라기보다는 여느 가옥의 거실로 보이는 작은 집무실이었다.

그리고 기척을 죽이고 암중에 숨은 두 사람의 시선이 느껴졌다.

하나는 익숙하게 느껴지는 기척이고, 다른 하나는 생경한 기척이었다.

그는 익숙하게 느껴지는 기척의 정체를 대번에 알아보며 반가운 미소를 지었다.

"오랜만이네. 잘 지냈지?"

설무백은 천장의 그늘진 구석을 쳐다보며 인사하고 있었다. 거기 어둠 속에 웅크리고 있던 익숙한 기척이 훌쩍 뛰어내려서 그의 면전으로 내려섰다.

설 씨 가문의 사대가신 중 구복과 더불어 추적과 추종, 은신의 달인으로 정평 난 마등이 바로 그였다.

"그간 적조했습니다, 도련님. 저야 뭐 늘 그렇지만, 도련님이야말로 정말 잘 지내신 것 같네요. 이젠 저의 눈으로는 도련님의 신위를 전혀 감조차 잡을 수 없으니 말입니다."

설무백은 그저 웃고는 뒤를 돌아보았다.

뒤에 서 있는 공야무륵과 왕인이 아니라 조금 전 자신이 들어선 문을 바라보는 것이었다.

생경한 기적의 주인은 거기 문 뒤에 있었기 때문이다.

때를 같이해서 그 순간에 문이 열리며 사내 하나가 안으로 들어섰다.

사십 대 정도로 보이는 잘생긴 사내였다.

머리에는 유건(儒巾)을 쓰고, 몸에는 남색 장삼(長衫)을 걸쳐서 낙방수재(落榜秀才)이거나 혹은 여느 대갓집의 글방 선생처럼 보였는데, 어느 쪽이든 상당한 무공을 가진 고수인 듯했다.

다른 무엇보다도 낭패한 사람처럼 당황스러운 낯빛을 드러내는 공야무륵과 왕인의 태도가 그것을 대변했다.

설무백과 대화를 나누고 있던 마등은 차치하고, 그보다 문과 가까운 거리에 서 있던 공야무륵과 왕인이 사내의 기척을 전혀 감지하지 못했던 것이다.

남색 장삼의 중년인이 싸하게 변한 장내의 분위기를 느끼지 못했는지 천연덕스럽게 웃는 낯으로 주절거렸다.

"실례 좀 하겠습니다, 장군님. 장군님의 아드님이 오셨다는 얘기를 듣고 안면이나 익힐까 해서 말입니다. 괜찮겠지요, 장군님?"

설무백의 눈살이 절로 찌푸려졌다.

중년인의 태도는 좋게 보면 넉살 좋은 모습일 테지만, 나쁘게 보면 무례하기 짝이 없는 행동이었다.

설무백은 후자로 보고 있었다.

허락은커녕 기척도 내지도 않은 채 벌컥 문을 열고 들어선 것은 차치하고, 설인보에게 허락을 구하면서 정작 설인보는 쳐다보지도 않고 설무백만 바라보고 있어서 더욱 그랬다.

이건 아무리 봐도 설인보를 무시하는 행동이 분명한데, 그것을 절대 모를 리 없는 저 성질 대단한 아버지 설인보가 전혀 분노를 드러내지 않고 감수하고 있다는 사실이 설무백을 더욱 자극했다.

'분명 무언가 이유가 있으시겠지!'

설무백은 내심 틀림없이 그럴 것이라고 생각했지만, 도저히 그대로 묵과하고 넘어갈 수 없었다.

"누구예요, 이 사람?"

풀풀 한기가 날리는 목소리로 건넨 질문이었다.

그러고 나서 중년인을 쳐다보는 그의 눈빛은 그보다 더한 서릿발과 같았다.

그러나 중년인은 눈치가 없는 건지 알고서도 일부러 그러는 건지 태연하게 설인보의 대답을 가로채며 공수했다.

"아, 인사드리겠소. 본인으로 말할 것 같으면 간사(幹事) 차주경(車晝莖)이라고 하외다."

설무백은 당연하게도 간사라는 지위가 어떤 것인지 몰랐다.

다만 안하무인처럼 행동하는 차주경의 태도에 분노와 짜증이 더해져서 순간적으로 손이 나갔다.

"헉!"

차주경이 기겁하며 물러나서 설무백의 손길을 피했다.

놀랍게도 그는 그동안 누구도 피하지 못하고 고스란히 당했던 설무백의 손 속을 회피한 것이다.

그러나 그게 다였다.

설무백은 차주경이 물러난 거리를 거짓말처럼 빠르게 좁히고 다가서며 거듭 손을 내밀어서 그의 목을 움켜잡았다.

전광석화(電光石火)처럼 빠르면서도 애초에 한 동작인 것처럼 매끄럽게 이어진 연환격이었다.

"대, 대체 이게 무슨 짓⋯⋯!"

피하지도, 막지도 못한 채 꼼짝없이 당해 버린 차주경이 대번에 붉어진 얼굴로 그의 손목을 부여잡으며 악을 썼다.

상당한 수준의 음한지공(陰寒之功)을 익힌 자였다.

그가 부여잡은 설무백의 손목이 대번에 하얀 서리에 휩싸이며 차갑게 얼어붙었다.

그러나 차주경의 음한지공은 설무백에게 통하지 않았다.

설무백은 그러거나 말거나 아무렇지도 않게 손아귀에 힘을 주며 차주경의 신형을 높이 쳐들었다.

"캑!"

차주경이 속절없이 그의 손목에 매달려서 바동거렸다.

숨이 막힌 듯 얼굴이 대번에 검붉게 변하고 있었다.

설무백은 그사이 차주경이 아니라 다른 사람들을 쳐다보고 있었다.

설인보야 본디 무심해 보이는 것이 당연하게 느껴질 정도로 감정의 기복을 전혀 드러내지 않는 사람이라 차치하고, 왕인과 마등의 반응이 묘했다.

이러지도 저러지도 못하겠다는 표정으로 설무백의 눈치만 보고 있는 것이 아닌가.

설무백은 그제야 차주경이 무언가 자신이 모르는 내막을 가진 인물이라는 사실을 직감하며 설인보를 향해 물었다.

"뭐예요, 이 인간?"

설인보가 애매한 표정으로 턱을 긁적이며 대답했다.

"간사는 황제 폐하의 명을 받들어서 왕야를 곁에서 보필하고, 시시때때로 남경 응천부와 북평을 오가며 전령 노릇도 겸하는 직책이다."

그 대답에 설무백은 아버지 설인보가 참을 수 없는 모욕을 당하고도 애써 내색조차 않고 감수하려는 이유를 깨달았다.

말이 좋아 황제 폐하의 명령을 받아서 왕야를 보필하는 거지, 기실 황제가 공식적으로 왕야에게, 즉 연왕에게 붙여 놓은 감시자라는 뜻이었다.

"그러면 더더욱 살려 둘 수 없겠는 걸요? 아버님과 저의 애기를 들었거든요, 이자가."

사실이었다.

차주경은 설무백과 설인보가 나누는 대화를 들었다.

기척을 드러내지 않고 문밖에 있던 그가 대뜸 문을 열고 안으로 들어선 이유가 거기에 있었다.

설무백과 설인보가 나누는 대화를 들은 차주경은 설무백이 대수롭지 않게 암중의 마등을 간파하는 것을 눈치채고는 서둘러 문을 열고 안으로 들어섰다.

남몰래 숨어 있던 것이 아니라 원래 찾아온 것처럼 보이게 하려는 기만술이었던 것이다.

"안 그래?"

차주경은 대답을 할 수 있는 상황이 아니었다.

숨이 막힌 그의 얼굴은 이미 붉다 못해 시커멓게 변해 있었다.

설무백의 손목을 잡고 늘어지던 두 손은 이미 풀어진 상태였고, 바동거리는 두 다리도 힘이 빠져서 흐느적거리는 모습이었다.

그대로라면 이제 곧 숨이 끊어질 것이 자명했다.

그것은 참으로 무시무시한 일이 아닐 수 없었다.

차주경의 지위나 위치는 둘째 문제였다.

설무백은 지금 어이없고 황당하게도 강호 무림에서 특급 고수로 인정받을 공야무륵이나 왕인 등의 이목을 능히 속이는 절정 고수를 한 손으로 목을 졸라 죽이고 있었다.

공야무륵이야 당연하다는 기색이었지만, 설인보는 물론, 왕인과 마등이 정작 죽어 가는 차주경이 아니라 설무백을 쳐다보고 있는 이유가 그 때문이었다.

그들은 그야말로 귀신에 홀린 표정으로 설무백을 바라보고 있었다.

"나도 그런 것 같아서 선뜻 판단을 내리기가 정말 어렵긴 하다만……."

차주경의 입장에서는 천만다행히도 이내 정신을 차린 설인보가 못내 걱정스럽다는 듯이 말했다.

"그게 죽으면 왕야에게 하등 좋을 게 없다. 그는 석 달에 한 번은 필히 황궁을 다녀와야 하는 사람이고, 그가 가지 않으면 왕야를 바라보는 황궁의 시선이 매우 따가워질 테니까."

설무백은 미간을 찌푸렸다.

"그렇다고 살려 두기에는 너무 위험부담이 크지 않나요?"

설인보가 미온하게 웃는 낯으로 대답했다.

"다행히 그는 지닌 재능에 비해 겁이 많고, 실리에도 밝은 사람이다. 협상이 전혀 불가능하지 않을 테니 우선 살리고 얘기해 보자. 그러다 그냥 죽겠다."

"아!"

설무백은 그제야 자신의 손에 잡힌 차주경이 시커멓게 변한 혀를 내민 채 축 늘어져 있음을 보고는 서둘러 바닥에 내려놓았다.

다행히 아직 죽지 않았다.

그는 설무백이 한차례 따귀를 후려갈기니 쿨럭쿨럭 기침을 해대며 깨어나서 거칠게 숨을 몰아쉬었다.

설인보가 그 앞으로 다가가서 쪼그리고 앉아 말했다.

"우리 얘기를 어디까지 들었는지 모르겠다만, 이제 네가 목숨을 부지하려면 딱 하나, 나의 아니, 왕야의 편에 서는 길밖에 없다. 그리하겠나?"

차주경이 눈치 빠르게 되물었다.

"나보고 이중 첩자 노릇을 하라는 겁니까?"

설인보가 무덤덤해서 더욱 냉정하게 느껴지는 목소리로 대꾸했다.

"제대로 알아듣고도 다시 묻는 건 좋은 버릇이 아니다."

차주경이 찔끔했다.

설인보의 뒤에 서서 그런 그를 지그시 내려다보고 있던 설무백은 은근슬쩍 전음을 날려서 마치 눈치를 살피는 어린아이를 어르는 것처럼 말했다.

─괜한 잔머리로 이 자리를 모면할 생각 마라. 그 정도 보는 눈은 내게도 있으니까. 그리고 한마디 충고하자면 가급적 그냥 거부해라. 아버님과 달리 나는 그런 게 싫거든. 한 번 배반한 놈이 두 번은 못하겠나 싶어서 말이야. 대신 네가 거부해 주면 정말 고통 없이 깔끔하게 죽여 주마.

차주경이 웃는 낯으로 설무백을 노려보며 말했다.

"참으로 죽이 잘 맞는 부자지간……!"

─그냥 죽고 싶어? 너 따위 하나 처치했다고 해서 내가 아버님이나 연왕 전하께 무슨 제재를 받을 것 같나?

설무백의 위협을 비웃어 주려던 차주경은 곧바로 귓속을 파고든 설무백의 전음에 질겁해서 입을 닫고 부르르 진저리를 쳤다.

설무백의 눈빛이 그의 폐부를 찔렀다.

그 눈빛을 마주하는 순간 절로 몸이 떨리는 공포가 그를 엄습했다.

천박할 정도로 직접적인 설무백의 위협이 추호도 가식 없는 진심이라는 생각이 들었던 것이다.

설인보가 무언가 낌새를 차린 듯 설무백을 돌아보았다.

설무백은 그저 웃는 낯으로 어깨를 으쓱였다.

설인보가 다시금 차주경에게 시선을 돌리며 물었다.

"무슨 말을 하다가 말아?"

차주경이 애써 말을 얼버무렸다.

"말 그대로입니다. 참으로 죽이 잘 맞는, 그러니까 잘 어울리는 부자지간으로 보인다는 겁니다. 장군가의 핏줄이 강호 무림의 고수라는 얘기를 들었을 때는 전혀 안 어울릴 것 같았는데 말입니다."

"고맙군."

설인보는 실로 차주경의 말을 믿는 것처럼 보이지 않았으나, 더는 그것을 문제 삼지 않고 본래의 자리로 돌아가서 재우쳐 물었다.

"그래서 자네의 결정은 뭐라는 건가?"

차주경은 은연중에 설인보의 뒤에 서 있는 설무백의 눈치를 보며 바닥에 엎드려서 머리를 조아리며 대답했다.

"그러지요! 그리하겠습니다!"

설인보의 제안을 승낙하며 모든 대화를 끝내고 밖으로 나선 차주경은 서둘러 왕부를 벗어났다.

시간이 늦었음에도 그냥 침상에 들 수가 없었다.

무슨 다른 음모나 계획을 위해서가 전혀 아니라 그저 혼자만의 시간과 술이 필요했다.

평소 그는 술이 사람의 정신을 좀 먹는다고 생각해서 그다지 즐기는 사람이 아니었으나, 오늘은 술이, 그것도 독주가 필요했다.

오늘 그가 경험한 치욕과 공포는 이미 오래전부터 잊고 살던 생경한 감정들이라 하다못해 독주로라도 씻어 내지 않으면 절대 그냥 잠들 수 없을 것 같아서였다.

물론 그렇다고 해서 그가 시련의 아픔을 술로 달래는 연인처럼 마냥 모든 감정을 다 잊고자 하는 것은 아니었다.

모든 감정을 다 씻어 내도 원한만큼은 절대 씻겨 내려가지 않을 것이다.

공포만 느꼈다면 모를까 돌이키기 어려운 치욕도 함께 느꼈기 때문이다.

오늘 그가 느낀 공포는 독주로 씻어 버릴 수 있지만, 오늘 그가 당한 치욕은 복수가 아니면 절대 씻을 수 없다는 것이 그의 생각이었다.

"두고 봐라, 애송이! 조만간 내가 어떤 인간인지 똑똑히 보여 줄 날이 있을 거다!"

차주경은 발걸음을 서두르는 와중에도 빠드득 소리가 나도록 이를 갈아붙이며 한층 더 깊고 진한 원한을 쌓아 나갔다.

원래 그는 이런 사람이었다.

애써 내색을 삼가서 그렇지, 한 번 당하면 곱이 아니라 열 번, 백 번으로 갚아 주어야 직성이 풀리는 독종이었다.

그런데 그때였다.

설인보에게 고개를 숙일 수밖에 없었던 당시의 상황을 뼈아프게 곱씹으며 설무백에 대한 공포와 두려움을 차츰 분하고 억울한 마음으로 바꾸어 나가던 그는 왠지 모르게 싸한 기분이 들어서 재빨리 주변을 둘러보았다.

그러나 이미 늦어 버렸다.

왕부를 나선 지 일각(一刻 : 15분)여 동안이나 잰걸음으로 발길을 재촉해서 어느새 주택가를 벗어나기 직전인 호동의 끝자락이라 저 멀리 저잣거리의 불빛이 보이고 있었는데, 한순간 그 불빛이 사라지며 목젖에 싸늘한 기운이 달라붙었다.

귀신처럼 은밀하게 다가선 누군가가 한 손으로 그의 눈을 가리고, 다른 한 손에 든 비수를 목젖에 댄 것이다.

허리 어딘가에서 따끔한 느낌이 전해진 것은 그다음이었다.

"헉!"

기겁하며 굳어진 차주경의 귓가로 서릿발처럼 싸늘하면서 마룻바닥 아래 고인 빗물 같은 음습한 속삭임이 파고들었다.

"나중에 말고 지금 보여 주면 안 될까? 네가 어떤 인간인지?"

차주경은 반사적으로 몸을 비틀며 두 손을 쳐들었으나, 그게 뜻대로 되지 않았다.

그는 이미 마혈을 점혈당한 상태였던 것이다.

"누, 누구냐?"

어렵사리 정신을 수습하며 말을 더듬는 차주경의 귓가로 추호도 변화가 없는 예의 목소리가 들려왔다.

"질문은 내가. 너는 대답만. 알았지? 한 번만 더 허락도 없이 입을 열면 죽는 거다."

"……!"

차주경은 극도의 긴장감에 마혈을 점혈당했다는 것도 잊고 무심결에 고개를 끄덕였다. 아니, 절로 고개가 끄덕여졌다.

지금 그는 머리 아래만 굳히는 고도의 점혈법에 당한 것이었다.

뒤에서 그의 눈을 가리고 목에 비수를 댄 자가 그런 그의 두 발을 질질 끄는 상태로 어디론가 자리를 옮겼다.

아마도 오가는 사람의 이목이 닿지 않는 으슥한 장소로 자리를 옮긴 것 같았는데, 거기서 그가 말했다.

"운수 대통한 줄이나 알아라. 주군께서는 너 같은 종자를 절대 살려 두는 분이 아니다만, 아버님과 연왕 전하를 봐서 참으시는 것 같으니까."

차주경은 이제야 자신을 제압한 자의 정체가 누군지 깨달으며 전신이 오싹해졌다. 설무백이 보낸 자였다.

'그런데 왜……?'

죽이지 않는다고 말하면서 지금 이것은 도대체 무슨 수작을 위한 짓이란 말인가.

그런 그의 의문이 이내 풀렸다.

그를 제압한 설무백의 하수인이 불쑥 말했다.

"입 벌려."

목젖에 달라붙은 비수가 깊게 눌러지고 있었다.

여차하면 목을 베어 버리겠다는 위협인 것인데, 선뜩하면서도 쓰라린 통증이 이미 피를 보고 있음을 느끼게 했다.

차주경은 이유도 모른 채 어쩔 수 없이 입을 벌렸다.

그런 그의 입안으로 무언가를 집은 것 같은 두 개의 손가락이 깊숙이 들어왔다가 목젖을 건드리고 빠져나갔다.

"캑!"

차주경은 앞으로 엎드려서 캑캑거렸다.

그를 제압하고 있던 사내가 그를 풀어 준 것인데, 손가락이 빠져나간 입안에서 고약한 악취가 풍기는 바람에 그는 절로 헛구역질이 올라왔다.

그러나 토해지는 것은 아무것도 없었다.

그저 역한 냄새로 인해 참기 어려울 정도로만 속이 미식거릴 뿐이었다.

애써 헛구역질을 멈춘 차주경은 개처럼 엎드린 그대로 발작하듯 고개를 쳐들고 상대를 노려보며 말을 더듬었다.

"뭐, 뭐지? 대체 뭘 내게 먹인 거야?"

"고독."

차주경이 비로소 볼 수 있게 된 상대, 바로 설무백의 지시로 나선 혈영은 짧게 대꾸하고 돌아서서 친절하게 설명까지 마친 후 어둠 속으로 사라졌다.

"자모고(子母蠱)라고 하던데, 모고(母蠱)와 자고(子蠱) 중에서 자고를 먹인 거야. 네가 왜 그걸 먹어야 하는지는 말해 주지 않아도 잘 알지?"

차주경은 절로 몸서리를 치며 허탈하게 주저앉아 버렸다.

그런 그의 귓속으로 깜빡 잊었다는 듯한 혈영의 목소리가 스며들었다.

"아참, 이거 장군님께는 비밀이다. 잊지 마라."

혈영이 비밀리에 임무를 끝내고 은밀하게 돌아왔을 때, 설무백은 아버지 설인보와 조촐한 술상을 마주하고 있었다.

혈영은 나서지 않았다.

설무백은 이미 그의 귀환을 느꼈을 테고, 그는 그것으로 충분하다고 생각했다.

그런데 우연찮게도 마침 그때 술잔을 기울이던 설인보의 입에서 불쑥 차주경에 대한 이야기가 나왔다.

"차 간사는 조만간 처리할 생각이다. 믿을 만한 자가 아니라서 그대로 두면 언제고 화근이 될 거다."

설무백은 비어 버린 설인보의 술잔에 술을 따라 주며 말했다.

"그냥 두세요. 이제 그자가 화근이 될 일은 없을 겁니다."

설인보가 술잔을 들며 삐딱하게 설무백을 바라보았다.

"이제? 이미 손을 썼다는 소리네?"

설무백은 멋쩍은 기색으로 뒷머리를 긁었다.

"그냥 넘어가시죠? 그렇게 일일이 따지고 넘어가는 거 별로예요. 너무 좀스럽게 보여서."

설인보가 술잔을 단숨에 비우고 내려놓으며 자못 곱지 않은 눈초리로 설무백을 바라보았다.

"아비로서 부탁하는데, 앞으로는 나서지 마라. 너까지 그분의 일에 나서는 건 아비로서 찬성할 수 없다."

설무백은 의외라는 생각이 들어서 물었다.

"연왕 전하를 믿지 못하시는 겁니까?"

설인보가 고개를 저으며 부정했다.

"아니, 믿는다. 하지만 믿음은 만능이 아니다. 사람과 사람의 관계는 특히 더 그렇다. 믿음만으로 가능하지 않은 게 적지 않다."

"아버님답지 않게 왜 그리 말을 돌리고 그러세요. 그냥 직접적으로 말씀하셔도 됩니다."

설무백은 웃는 낯으로 보란 듯이 가슴을 치며 말을 더했다.

"전이나 지금이나 저는 아버님이 무슨 말을 해도 절대 다치지 않는 심장을 가진 별종입니다."

설인보가 픽 실소하고는 이내 신중한 기색으로 돌아가서 설무백의 바람대로 있는 그대로의 속내를 드러냈다.

"연왕 전하는 필요하다면 자기 눈알도 자기 손으로 뽑아낼 사람이다. 그리고 이 아비는 필요하다면 그런 짓을 하려는 연왕 전하의 손목을 주저하지 않고 베어 버릴 수 있는 사람이다. 연왕 전하가 가진 나에 대한 믿음도, 내가 가진 연왕 전하에 대한 믿음도 그런 서로의 마음을 절대 변화시킬 수 없다. 그건 믿음을 넘어서 저마다의 신념과 관계된 일이니까."

설무백은 침묵을 유지한 채 그저 의미심장한 미소를 지으며 설인보를 바라보았다.

설인보가 잠시 그런 그의 시선을 마주하다가 혀를 찼다.

"쳇! 지금 네 녀석도 그게 네 녀석의 신념이라는 거냐? 그리고 나도 그래서 네가 걱정되니, 내 걱정은 말고 너나 잘하라는 거지, 지금 눈빛?"

설무백은 기꺼운 표정으로 웃었다.

"명석한 두뇌의 아버지를 두니 편하네요. 일일이 설명하지 않아도 되니 말이에요."

설인보가 두 눈을 자못 매섭게 치켜떴다.

"네 녀석이 나보다 낫다는 것은 나도 잘 알아. 그래도 조심하라는 거다. 조심해서 나쁠 것은……!"

"압니다. 조심할게요."

설무백은 재빨리 술병을 들어서 설인보의 술잔을 채우는 것으로 분위기를 전환하며 말문을 돌렸다.

"그래서 말인데, 부탁이 하나 있습니다."

설인보가 이채롭다는 눈빛으로 설무백을 쳐다봤다.

"네가 내게?"

설무백은 사뭇 신중해진 표정으로 한차례 고개를 끄덕이며 말했다.

"정쟁(政爭)은 문인의 머리로도 가능하지만, 전쟁은 그럴 수 없습니다. 무인이, 장수와 병사가 있어야 합니다. 그런데 지금 저쪽에서는 문인을 우대하며 무인을 배척하고 있습니다. 그걸 챙기십시오. 아버님이 손을 내밀면 기꺼이 잡을 사람이 적지 않을 겁니다."

"나보고 손을 내밀라?"

"예."

"연완 전하가 아니라?"

"예."

"지금 나보고 딴 주머니를 차라는 게냐?"

"예."

빠르게 질문을 이어 나가던 설인보가 일순 입을 다물며 예리한 눈빛으로 변해서 설무백을 직시하다가 이내 짧게 물었다.

"이유가 있겠지?"

물론 이유가 있었다.

설무백은 기꺼이 이유를 말해 주었다.

"누군가는 가져갈 힘입니다. 저는 그게 아버님이었으면 합니다. 그러면 연왕 전하가 자기 손으로 자기 눈을 빼는 일도, 아버님이 그런 연왕 전하의 손을 베어야 할 일도 없을 테니까요. 무엇보다도……!"

그는 힘주어 말을 끝맺었다.

"아버님이 필요하다고 생각될 때, 언제든지 가족의 품으로 돌아오실 수 있을 테고 말입니다."

설인보의 눈빛이 변했다.

이제야 설무백의 생각을 명명백백하게 이해한 표정이었다.

힘을 가지지 못한 자는 힘을 가진 자와의 관계를 마음대로 끊을 수 없다. 적어도 허락을 받아야 한다.

지금 설무백은 언제고 닥칠 그와 같은 상황을 우려하는 것이었다.

설인보는 이제야 비로소 그와 같은 염려를 이해했다.

"오냐, 그래."

설인보는 힘주어 고개를 끄덕이며 확답했다.

"이 아비가 그 힘을 챙기마."

그리고 재우쳐 한마디 덧붙였다.

"대신 조건이 하나 있다."

설무백이 어리둥절해서 바라보자, 설인보가 이건 정말 절대 양보할 수 없는 조건이라는 듯 단호하게 말했다.

"네 어미를 모셔 가라!"

천외천의
주인

거마효웅巨魔梟雄 (6)

"그래서 해를 몇 번이나 넘기도록 코빼기도 안 보이다가 이제야 겨우 나타난 우리 잘난 아들은 뭐라고 대답했을까?"

연왕부(燕王府)의 동편에 자리한 아담한 별채인 어머니 양화의 침실은 지난날 무저갱의 침실을 빼다 박은 것처럼 밝음과 어둠이 공존하는 공간이었다.

무저갱의 침실과 마찬가지로 창마다 드리운 두꺼운 휘장을 문가의 것은 걷어 놓고, 안쪽의 것은 걷어 놓지 않아서 그랬다.

어머니 양화는 늘 그렇듯 휘장이 드리워진 안쪽, 서너 개의 궁촉(宮燭)으로 어둠을 밝힌 사주침상을 등지고 작은 안궤(案机) 옆에 자리한 수돈(繡墩)에 그림처럼 고요하게 앉아 있었다.

조금의 과장도 없이 과거 무저갱의 거처에서 마주했을 때의 모습을 그대로 들어다가 옮겨 놓은 것 같은 모습이었다.

하다못해 유모 냉연조차 과거의 그날과 같은 자리에 앉은 채 생글거리고 있어서 더욱 그랬다.

그러나 설무백이 아버지 설인보에게 들은 말을 전해 주는 순간 분위기가 바뀌었다.

유모 냉연은 안색이 굳어져서 어머니 양화의 기색을 살폈고, 어머니 양화는 은연중에 냉정하게 식은 기색으로 변해서 전에 없이 설무백의 부덕함을 꼬집으며 따지듯이 질문하고 있었다.

분명히 부드러운 표정에 상냥한 목소리이긴 하나, 서늘하다 못해 삭막한 느낌을 주는 다그침이었고, 그만큼이나 차갑게 식은 눈빛을 건네고 있었다.

설무백은 함부로 대답할 수 없었다.

지금 어머니 양화는 자신이 이 문제를 얼마나 중요하게 생각하는지를 온몸으로 드러내고 있는 것이다.

설무백은 애써 마음을 다잡고 마치 도박을 하는 심정으로 아버지 설인보에게 건넨 자신의 대답을 말했다.

"어림도 없는 소리 말라고 했죠. 어머님은 아버님의 여자니 마땅히 아버님이 책임져야 하지 않겠습니까."

다행스럽게도 도박은 성공이었다.

양화가 흐뭇한 표정, 반가운 기색이 담긴 눈빛을 드러내며 곁에 앉은 유모 냉연을 향해 말했다.

"뭐 해요, 유모? 어서 다과 좀 내오지 않고?"

도박이 성공해서 어머니 양화의 기분을 흡족하게 만들어 주었지만, 그게 마냥 좋은 것만은 아니었다.

세상에서 가장 지루하고 모진 수다가 아들을 생각하는 어미의 걱정일 것이다.

적어도 설무백은 그렇게 생각했다.

오랜만에 설무백을 마주한 어머니 양화의 걱정은 한도 끝도 없어서 창밖이 희뿌옇게 밝아지는 새벽녘이 되어서야 끝났다.

어머니 양화는 그마저도 아쉬운 듯 거처인 대전의 밖에까지 설무백을 배웅하며 밤새 몇 번이나 거듭해서 강조했는지 모를 말을 한 번 더 주지시켰다.

"아들, 강호 무림인은 어쩔 수 없이 둘 중 하나로 변할 수밖에 없다. 정의롭거나 악하거나. 어중간하면 빨리 죽으니까. 이런 말도 있지, 악인과 선인이 싸워도 결국 승리는 강한 자의 몫이다. 그러니……."

설무백은 불편하거나 거북해서가 아니라 밤새 충분히 인지했다는 것을 어머니 양화에게 알려 주기 위해서 말을 잘랐다.

"독할 때는 독해져야 한다, 이거죠?"

양화가 이제야 자신의 노파심이 너무 심했다는 생각이 들었는지 은근슬쩍 안색을 붉히며 고개를 끄덕였다.

"그래, 그거다."

설무백은 어머니 양화의 애틋한 마음이 너무나도 절절하게 가슴에 와닿아서 애써 쑥스러움을 참아 내며 그의 두 손을 힘주어 잡아 주며 말했다.

"걱정 마세요, 어머니. 아들, 절대 약하지 않습니다."

어머니 양화는 전에 없이 마주잡은 그의 손길에 감격한 표정으로 두 눈이 그렁그렁해져서 말없이 고개를 끄덕였다.

설무백은 그렇듯 어머니 양화와의 힘겨운 작별을 끝으로 왕부를 벗어났다. 그리고 서늘한 새벽바람을 쏘이며 느긋하게 모처의 객잔에 두고 온 요미 등을 데리러 가다가 예기치 못한 사람과 조우했다.

동창의 장형천호인 패검이룡 종리매가 연왕부를 벗어나는 길목에 서서 그를 기다리고 있었던 것이다.

"이 시간에 무슨 일로 여기에……?"

"아마도 이럴 것 같다고 하더이다, 전하께서. 설마 전하의 말을 거역하고 그냥 갈 리가 없다고 생각했는데, 정말 이리 그냥 가십니다그려."

종리매는 적잖게 놀라는 기색이었다.

설무백은 이제야 말없이 그냥 가지 말라는 연왕의 외침이 떠올라서 머쓱한 표정으로 변명했다.

"어쩌다보니 이리되었네요. 어머님과의 자리가 늦게 끝난 참에 마침 가 볼 곳이 있는데, 시간이 새벽이라 형님을 깨울 수가 없어서 말이오."

종리매가 자못 게슴츠레하게 변한 눈빛으로 설무백을 바라보며 고개를 저었다.

"전혀 그게 아닌 것 같습니다만?"

설무백은 바로 사과하고 솔직히 인정했다.

"미안하오. 사실 까맣게 잊고 있었소."

종리매가 픽 웃으며 손사래를 쳤다.

"탓하자는 것이 아닙니다. 전하께서 용인한 일을 일개 무부
(武夫)에 지나지 않은 내가 감히 어찌 탓할 수 있겠습니까."

설무백은 짐짓 곱지 않은 눈초리로 종리매를 보았다.

"소림 속가 제일인의 입에서 나온 일개 무부라는 말을 들으
니 어째 현실감이 전혀 없네요."

종리매가 실소하며 어이없어했다.

"현실감이 없는 건 본인이 더 합니다. 전하와 호형호제하는
사람이 있을 거라고는 상상도 하지 못했습니다. 그런데 한 술
더 떠서 전하의 당부를 뿌리치고 가는 사람이 있을 줄은 정말
상상은커녕 꿈도 꾸지 못할 일입니다. 물론 전하께서 그걸 대
수롭지 않게 용인하는 것도 꿈을 꾸는 것 같고 말입니다."

설무백은 가볍게 따라 웃으며 물었다.

"대수롭지 않게 용인한 것 같지는 않구려. 이 시간에 귀하를
내게 보낸 것을 보면 말이오. 대체 무슨 일이오?"

종리매가 품에서 꺼낸 작은 서통(書簡) 하나를 설무백에게 건
넸다.

"이걸 전하라고 하셨습니다."

설무백은 서통을 건네받기에 앞서 한껏 찌푸린 눈가로 종리

매를 바라보았다.

"한데, 말투는 왜 그런 거요?"

종리매가 당연하다는 듯이 대답했다.

"전하의 아우님이신 비공이시니까요."

설무백이 못내 마음에 걸려서 한마디 하려다가 이내 그만두고는 서통을 건네받았다.

그가 서통을 열어 보려고 하자, 종리매가 급히 말했다.

"변방의 정세라고 합니다. 변방의 수장들이 전하께 보내온 서신을 근거로 정리해 놓은 것이니, 가지고 가서 확인해 보면 얻는 것이 있을 거라고 전해 주라 하셨습니다."

설무백은 내심 반색했다.

안 그래도 그는 이번 강호행을 통해 변방의 상황도 면밀히 점검해 보려는 생각도 가지고 있었다.

그간 내색은 삼갔으나, 반천오객의 두 사람, 반면서생과 소광동자가 죽은 운남에서의 사건 이후 그는 중원의 변화가 변방의 동요와 밀접한 관계를 가졌다는 사실을 새삼 실감하고 있었기 때문이다.

"실로 고맙다고 전해 주시오."

설무백을 말을 들은 종리매가 기다렸다는 듯이 대답했다.

"실로 고마우면 부탁 하나만 들어달라고 하셨습니다."

"부탁……요?"

설무백은 어리둥절해하자, 종리매가 자신도 잘 모르는 얘기라는 표정으로 고개를 갸웃거리며 말했다.

"그게 본인도 무슨 말씀인지 이해하기 어려우나, 북평에 사는 친우를 만나면 이제 그만 재고 그냥 적극적으로 지원해 주라고 설득해 달라 하셨습니다."

설무백은 종리매와 달리 연왕의 전갈이 무엇인지 대번에 이해할 수 있었다.

북평에 사는 그의 친우는 오직 한 사람뿐이기 때문이다.

"알겠소. 그리해 보겠다고 전해 주시오."

종리매가 물었다.

"친우분이 누군지는 모르겠습니다만, 어떻습니까? 설득할 수 있을 것 같습니까?"

"그야 내가 어찌 알겠소만……."

설무백은 고개를 젓다가 이내 다시 끄덕이며 가볍게 웃는 낯으로 말을 끝맺었다.

"아마도 가능하지 않을까 싶소."

종리매가 반색했다.

"그럼 됐습니다. 전하께서 말씀하시길 귀하의 아마도 만큼이나 정확한 것도 없다고 하셨으니까요."

설무백은 일순 짓궂은 마음이 들어서 말했다.

"그래도 그리 안 될 수 있소."

"네네. 그렇겠지요."

종리매가 말과 달리 절대 그럴 리가 없을 것이라는 표정으로 공수하며 작별을 고했다.

"그럼 저는 이만."

설무백은 못내 연왕이 자신을 너무 잘 알고 있는 것 같아서 억울한 기분이 들었으나, 자신 역시 연왕에 대해서 모르는 것이 거의 없다는 점을 상기하고는 그냥 웃어넘기며 서둘러 떠나려는 종리매를 불렀다.

"잠시만."

"......?"

종리매가 어리둥절해하며 돌아보자, 설무백은 품에서 붉은 주머니 하나를 꺼내서 내밀었다.

"형님에게 전해 주시오. 바쁜 길이라 나중에 사람을 보내서 전하려던 건데, 지금 말고 나중에, 형님께서 정말이지 선택하기 어려운 기로에 서 있다고 판단되었을 때 펴 보시라고 전해 주면 고맙겠소."

종리매가 적잖게 놀란 모습으로 주머니를 건네받으며 물었다.

"이 중한 물건을 어찌 제게......?"

"별 뜻 없소."

설무백은 웃는 낯으로 대수롭지 않게 잘라 말하며 돌아섰다.

"형님이 귀하를 믿는 것 같고, 나 역시 귀하를 믿을 수 있는 사람이라고 생각했을 뿐이오."

종리매가 기꺼운 표정으로 공수하며 고개를 숙였다.

"잘 전달해 드리겠습니다! 살펴 가십시오!"

설무백은 슬쩍 손을 들어 보이는 것으로 인사를 대신하며 발길을 재촉해서 모처의 객잔으로 돌아갔다.

바쁘다는 그의 말은 그냥 하는 소리가 아니었던 것이다.

그런데 바쁠수록 눈이고, 발이고 걸리는 것이 많다더니 실로 그런 것 같았다.

우습지 않게도 그가 도착한 객잔의 분위기는, 정확히 말하면 검후와 요미 등이 머무는 객실의 분위기는 살얼음판과 같았다.

검후와 요미의 대치로 인해 그랬다.

대체 언제부터 그러고 있었는지는 몰라도, 검후와 요미는 식사가 차려진 탁자를 사이에 두고 마주 앉아서 치열한 눈싸움을 벌이는 중이었다.

탁자에 놓인 식사가 차갑게 식은 것으로 봐서 이미 적잖은 시간이 흐른 것 같았는데, 객실로 들어서는 설무백에게 시선조차 주지 않고 있었다.

"휴……!"

설무백은 한숨을 내쉬며 슬쩍 손을 내저어서 작금의 사태를 설명하려는 듯 재빨리 다가서는 백영과 흑영을 내쳤다.

다른 사람의 설명을 듣지 않아도 전후 사정이 눈앞에 그려졌기 때문이다.

애써 평정을 되찾은 그는 묵묵히 그녀들 사이로 다가서서 냉정하게 말했다.

"두 사람 다 잘 들어. 기회는 딱 한 번이야. 나는 이제 여기 객점을 나가서 모처로 이동할 생각인데, 만에 하나라도 이런 모습을 다시 보여 줄 것 같으면 절대 따라오지 마. 우리 인연은 그것으로 끝이니까."

설무백은 말을 끝내자마자 아무렇지도 않게 돌아서서 객방을 나섰다.

그들이 잡은 후원의 객방으로부터 거리로 나가려면 후원과 객잔 일 층을 거쳐서 나가는 구조였다.

설무백이 후원을 벗어나기도 전에 요미가 따라왔고, 객잔의 일 층을 지나서 밖으로 나서는 순간 검후가 따라와서 뒤에 붙었다.

설무백은 가타부타 한마디 말도 없이 그냥 아무렇지도 않게 발길을 재촉해서 연왕부를 제외하면 고루거각(高樓巨閣)이 가장 많다는 북경성의 동부인 왕부정대가(王府井大街)로 이동했다.

설무백의 다음 행선지는 왕부대정가의 중심을 차지한 대저택인 북경상련이었던 것이다.

그런데 오늘은 어째 설무백에게 예기치 않은 일이 연속으로 일어났다.

새벽의 여명이 사방에 깔린 고루거각의 지붕을 서서히 은빛으로 물들이기 시작하는 왕부정대가의 초입이었다.

있는 집은 없는 집과 달리 새벽에 시끄러울 일이 없다는 옛 말을 증명하듯 높은 담으로 쌓인 채 인적 하나 없이 고요한 길목을 느닷없이 튀어나온 사내 하나가 가로막았다.

앞서 걷고 있던 설무백과 대략 십여 장가량 떨어진 전방이었다.

사내는 훤칠한 키에 호리호리한 몸매, 수더분한 얼굴이지만, 한 손에 든 검은 빛깔의 장도를 바닥으로 늘어트린 채 두 눈에 적의를 드러내고 있었다.

"이 시간에?"

설무백은 어이가 없었다.

상대가 그를 노리고 있다는 것을 알기에 찾아든 감정이었다.

새벽이 깨어나는 이 시간에 자객이라니 참으로 알다가도 모를 세상이었다.

그때 길목을 막은 검은 장도의 사내가 불쑥 물었다.

"네가 풍잔의 객주 설무백 맞지?"

설무백은 어째 질문이 묘하다는 생각을 하며 반문했다.

"맞다면?"

검은 장도의 사내가 누런 이를 드러내며 대답했다.

"흐흐, 그야 죽어야지. 어서 목을 길게 빼라. 안 아프게 단칼에 죽여주겠다는 소리다. 흐흐……!"

설무백은 절로 미간을 찌푸렸다.

화를 내는 것이 아니라 어째 묘한 기분이 들어서 그랬다.

지금 자신을 죽이겠다며 다가서는 상대 사내의 실력이 너무

나도 형편없어 보이는 것이다.

'뭐지?'

모르는 처지에 금품을 노리고 나선 강도가 아니었다.

그런 강도가 지금 이 시간에 도심 한가운데서 사람을 털려는 것도 말이 안 되지만, 무엇보다도 상대는 그가 누군지 알고 나섰다.

'그런데 고작 이런 애를……?'

작금의 강호 무림에서, 그것도 고수들 사이에서 소리 없이 유명한 사람이 그였다.

그런 그를 노리는 살수가 고작 이 정도라는 것은 쉽게 납득하기 어려운 일이었다.

공야무륵이 그런 그의 의혹과 상관없이 앞으로 나서며 물었다.

"죽일까요?"

"죽여."

설무백은 의혹을 접고 즉시 승낙했다.

지금 그를 노리는 적이 앞을 막은 사내 하나라면 모르겠지만, 사방에 숨죽인 도부수들이 적지 않아서 망설일 이유가 전혀 없었다.

공야무륵이 그의 허락에 반응해서 기꺼이 도끼를 뽑아 들었다. 그리고 뽑아 들었다 싶은 순간에 도끼를 높이 쳐들며 새처럼 비상했다.

설무백을 노리고 다가서던 검은 장도의 사내가 그대로 얼음처럼 굳어져서 하늘 높이 날아오른 공야무륵을 쳐다봤다.

경악과 불신으로 크게 부릅떠져 당장에 눈알이 튀어나올 것 같았다.

"어라?"

설무백은 앞선 의혹이 절로 입 밖으로 나갔다.

지금 검은 장도의 사내는 그야말로 그에 대해서 아무것도 모른 채 그저 이름만 아는 상태로 나선 것 같은 반응을 보이고 있었다.

이건 아무래도 이상한 일이었다.

그는 다급하게 소리쳤다.

"잠깐!"

그러나 이미 늦었다.

공야무륵이 벌써 먹이를 노리는 매처럼 하강해서 경악과 불신으로 굳어진 사내의 머리 중앙 정수리를 도끼로 내려쳤다.

빡—!

섬뜩한 파열음이 터지며 붉은 피와 허연 뇌수가 사방으로 튀었다.

설무백은 절로 한숨을 내쉬었다.

기실 강호 무림의 무인들이 습관처럼 닭 잡는 칼, 소 잡는 칼 운운하며 자신 대신 수하를 내보내는 의도는 두 가지였다.

하나는 실로 만만하지 않은 경우 일거에 해치울 수 있지만 그냥 구경이나 하겠다는 식의 자신감을 표출하며 적에게 압박감을 행사함으로서 보다 쉽게 승리를 쟁취하겠다는 고도의 기만술이고, 다른 하나는 순수하게 자신이 나서면 싸움이 아니라 도살이 되기 때문에 피하려는 의도였다.

방금 전 설무백은 그중 후자의 마음이었다.

하지만 안타깝게도 적은 너무나도 약했고, 어째 느낌이 이상해서 막으려고 했으나, 그때는 이미 늦어 버렸다.

덕분에 그가 나선 것보다 더한 도살이 되어 버린 것이다.

"좀 살살해라!"

설무백은 짐짓 짜증을 부렸다.

그나마 지금 그를 노리는 적이 사내 하나가 아니라서 다행이었다. 그게 아니었다면 그는 정말 화를 냈을지도 몰랐다.

"나머지는 죽이지 말고 살려!"

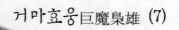

거마효웅巨魔梟雄 (7)

설무백을 노린 검은 장도의 사내와 일행인 살수 혹은 도부 수들은 다해서 열두 명이었다.

　그들은 검은 장도의 사내가 설무백 등의 길목을 막고 나설 때 주변에 숨죽인 채 웅크리고 있었다.

　조금 어설프긴 해도 나름 자신들이 노리는 표적이 예상보다 고수일 경우를 대비해서 기습을 노리려는 작전의 일환으로 보였다.

　검은 장도의 사내는 표적이 예상대로 약하면 선봉이지만, 표적이 예상보다 강하면 미끼라는 식의 작전인 것이다.

　그러나 그들의 작전은 제대로 시작해 보지 못하고 실패했다.

　바로 표적이 그들의 예상과 달리 강해도 너무 강했기 때문이다.

아니, 그들은 표적과 싸워 보지도 못했다.

그들의 표적은 설무백이지, 공야무륵이 아니었다.

결국 그들의 계획은 표적의 수하에게 막혀서 실패한 것인데, 그 바람에 그들은 참으로 우스꽝스러운 모습이 되어 버렸다.

계획대로 튀어나오던 그들은 동시에 엉거주춤한 그 자세 그대로 그림처럼 굳어 버리는 상황을 연출하고 있었다.

다들 공야무륵의 압도적인 무위 아래 머리가 박살 나서 죽어 버린 검은 장도 사내의 처참한 모습을 목도하고 경악한 나머지 꼼짝도 할 수 없는 상태로 경직되어 버린 것이다.

설무백의 말을 듣고 멈칫하던 공야무륵이 그런 장내의 모습을 둘러보고는 쓰게 입맛을 다시며 물었다.

"어떻게 할까요?"

설무백은 참으로 어이없는 상황 앞에서 실로 뭐라고 할 말도 떠오르지 않았다.

"어휴……!"

길게 한숨을 내쉰 설무백은 꼼짝없이 굳어진 상태에서도 눈치를 보느라 사정없이 눈동자를 굴리는 사내들을 가만히 손짓해 불렀다.

"이쪽으로 집합."

사내들이 재빨리 우르르 설무백의 면전으로 달려왔다. 그리고 따로 시키지도 않았는데 다들 자진해서 무릎을 꿇었다.

설무백은 새삼 한심한 표정으로 쳐다보며 물었다.

"누구냐, 너희들은?"

사내들은 서로 지위 고하가 없는 것 같았다.

서로서로 눈치를 보는 와중에 사내 하나가 나서며 대답했다.

"북평 서쪽인 제석평(祭席平)에 자리한 비림(秘林)의 낭인들입니다."

설무백은 어리둥절했다.

중원에는 어디를 가도 비림이라고 불리는 장소가 있는데, 그건 비림이 바로 강호 무림을 떠도는 유랑자들과 낭인들의 위한 시장이기 때문이다.

즉, 비림은 낭인 시장을 뜻하는 흑화인 것이다.

"근데, 왜 나를 노린 거야?"

대답을 한 사내가 새삼 동료들의 눈치를 보며 꾸무럭거리더니 품에서 꺼낸 곱게 접어놓은 종이 하나를 설무백에게 내밀었다.

설무백은 종이를 받아서 펼쳐 보고는 절로 황당한 표정을 지었다.

각기 가로세로가 두 뼘가량의 크기인 종이에는 어이없게도 그의 얼굴이 그려져 있었고, 그 아래에는 '풍잔의 객주 설무백, 포상금 은자 십만 냥'이라는 글귀와 천사교를 상징하는 삼안(三眼)이, 바로 세 개의 눈이 그려져 있었다.

사내가 건넨 종이는 천사교에서 특정 사람에게 현상금을 걸고 내건 벽서(壁書)였던 것이다.

"뭐야?"

설무백은 절로 실소했다.

"지금 너희들이 상금작인(賞金猎人), 그러니까 현상금 사냥꾼인 황금낭인(黃金浪人)이라는 거야?"

사내가 대답을 못하며 그의 시선을 외면했다.

다른 사내들도 그의 시선과 마주치기 싫은지 깊이 고개를 숙였다.

와중에 후방에 무릎 꿇은 사내 하나가 고개를 쳐들며 대답했다.

"먹고는 살아야죠. 그래도 나름 적당히 금액이 적은 대상을 고른 겁니다. 그 새끼들이 이렇게 사기를 칠 줄 몰라서 당했을 뿐, 그간 우리도 제법 잘나갔다고요."

그 새끼들이란 바로 천사교일 테니, 사기를 쳤다는 것은 설무백의 무력을 속였다는 것일 터였다.

설무백은 짐짓 사납게 눈총을 주며 윽박질렀다.

"은자 십만 냥이 적냐?"

사내가 물러서지 않고 퉁명스럽게 대꾸했다.

"당연히 적죠. 황금으로 십만 냥짜리도 열 명이나 있습니다."

설무백은 자신도 모르게 울컥해서 반박하려다가 이내 실소하며 그만두었다.

천사교에서 자신들의 숙적이라고 판단하는 인물들에게 현상금을 내걸었다는 것은 그도 익히 잘 아는 일이고, 그중에서 황금 십만 냥의 현상금이 걸린 열 명이 바로 작금의 강호 무림에서 가장 높은 영향력을 발휘하고 있다는 열 명의 고수인 십천세라는 것도 그가 모르지 않는 사실이었다.

이 마당에서 자신의 현상금이 십천세보다 적다는 것에 울컥해 버린 자신이 스스로 생각해도 우습기 짝이 없는 그였다.

'속물도 이런 속물이 없네.'

설무백이 스스로의 생각에 어이없어하는 그때, 무릎 꿇은 사내들 중 하나가 속삭임처럼 중얼거렸다.

"황금 오만 냥짜리……!"

설무백은 순간 멈칫하며 목소리가 들려온 방향을 주시했다.

얼떨결에 말을 흘린 것으로 보이는 사내 하나가 그의 시선과 마주치자 크게 당황한 듯 묻지도 않은 말을 대답하며 검후를 바라보았다.

"아, 아니, 저는 그냥 저 여자가 그 금액의 벽서에 그려진 얼굴과 비슷한 것 같아서……!"

검후가 어느새 그 사내의 곁으로 가서 손을 내밀었다.

"내놔 봐."

갑자기 눈앞에 나타난 그녀에게 기겁한 사내가 허겁지겁 품에서 꺼낸 여러 개의 벽서 중 하나를 골라 그녀에게 내밀었다.

검후가 벽서를 받아서 보고는 인상을 쓰며 와락 구겨 버렸다.

설무백은 그녀가 구겨서 내다 버린 벽서를 향해 슬쩍 손을 내밀었다.

저만치 바닥에 떨어지려던 벽서가 스르르 날아와서 그의 수중으로 들어갔다.

고도의 허공섭물이었다.

무릎을 꿇은 사내들이 마치 귀신과 마주한 듯한 놀란 눈빛으로 설무백을 바라보았다.

허공섭물이라는 능력 자체가 특정한 경지의 고수를 가리는 척도와도 같은데, 지금처럼 멀리 떨어진 거리에서 펼쳐진 허공섭물은 낭인으로 강호의 구석구석을 떠돌던 그들로서도 처음 보는 높은 경지라 매우 놀란 것이다.

설무백은 그들의 놀람을 외면한 채 구겨진 벽서를 펼쳐보았다.

벽서에는 사내의 말처럼 죽립을 쓰고 있는 그녀를 빼다 박은 것처럼 닮은 그녀의 모습이 그려져 있었고, 그 아래에는 황금 오만 냥의 현상금이 적혀 있었다.

"이제 보니 아주 비싼 여자였네?"

설무백의 농담이었다.

검후가 가만히 고개를 끄덕이며 대꾸했다.

"당신의 기분을 이해할 것 같네요."

설무백은 엉겁결에 물었다.

"무슨 소리야?"

검후가 태연하게 대답했다.

"다른 누구보다 가격이 낮으니까 나 역시도 기분이 나쁘네요."

설무백은 폐부를 찌르는 검후의 답변에 호되게 한 대 맞은 표정을 짓다가 서둘러 분위기를 바꾸었다.

"지금부터 내가 셋을 세겠다. 그 안에 가지고 있는 벽서들 다 내려놓고 썩 꺼져라! 하나!"

둘을 셀 필요도 없었다.

눈부신 속도로 품에 지니고 있던 벽서들을 바닥에 내려놓은 사내들이 둘을 세기도 전에 사방을 튀어나갔다.

설무백은 머쓱하게 쩝쩝 입맛을 다시며 사내들이 내려놓고 간 벽서들을 일일이 주워서 살펴보았다.

애초에 엄두를 내지 않았던 것인지 십천세의 벽서는 하나도 없었으나, 참으로 다양한 무림의 고수들이 그려진 벽서였다.

무림맹과 흑도천상회의 요직에 있는 인물들이 다수였는데, 개중에는 그가 아는 얼굴도 적지 않았다.

검후가 벽서를 눈여겨 살피는 그를 묘하게 쳐다보다가 불쑥 물었다.

"왜 이러는 것 같아요?"

"그야 나도 모르지. 내가 이런 쪽으로는 좀 둔해서 말이야."

설무백은 아무렇지도 않게 대꾸하며 산매진화를 일으켜서 수중의 벽서들을 태워 버렸다. 그리고 이내 씩 웃으며 돌아서서 발걸음을 옮기며 말을 덧붙였다.

"가 보자고. 마침 알 만한 사람이 가까운 곳에 있으니까."

⚜

설무백이 말하는 알 만한 사람은 바로 북경상련의 총수인 방양이었다.

북경상련은 어지러운 작금의 정세와 상관없이 전혀 움츠러들지 않은 상태로 상업을 계속하고 있었기에 방양이라면 무언가 아는 것이 있을 거라고 생각한 것이다.

그러나 설무백의 생각이 틀렸다.

방양은 금시초문이며 오히려 자신이 알 것이라고 기대한 설무백의 생각이 어이없다는 태도를 드러냈다.

"지금 나 놀리는 거냐? 일개 상인, 장사꾼에 불과한 내가 강호 무림의 패주들 간에 오가는 심리전을 어찌 알아?"

설무백은 이해할 수 없었다.

"그런 강호 무림의 패주들과 터놓고 거래하는 것이 일개 상인, 장사꾼에 불과하다는 너잖아?"

방양이 이제야 알겠다는 듯 빙그레 웃었다.

"이제 보니 너 도움을 청하려고 나를 찾아온 것이 아니라 따지려고 찾아온 거구나? 지저분한 애들하고, 아니, 까놓고 말해서 너랑 적인 흑도천상회나 하다못해 천사교 애들하고 왜 거래

천외천의
주인

하는 거냐고? 그렇지?"

설무백은 굳이 부정하지 않았다.

애초에 방양을 만나려던 이유에는 그와 관계된 얘기도 포함되어 있었기 때문이다.

하지만 말 그대로 포함되어 있는 일이었다.

실제로 그게 다가 아니었고, 지금은 그것과는 전혀 상관없이 정말로 방양이 알고 있을 거라고 생각해서 도움을 바랐던 것이었다.

민감하다면 더 없이 민감한 얘기일 수도 있는 얘기를 그가 아무렇지도 않게 대꾸할 수 있는 이유가 거기에 있었다.

"머리 좀 써라. 내가 그게 다였으면 네게 이런 식으로 돌려서 까겠냐?"

방양이 인상을 찌푸린 채 턱을 당기며 쩝쩝 입맛을 다셨다.

"그러네. 너라면 그냥 대놓고 앞으로는 그쪽과 거래 끊으라고 말했을 테지."

그는 재우쳐 물었다.

"뭐야, 그럼? 너 정말 내가 그걸 알고 있을 것 같았던 거야?"

"응."

"바보냐 너?"

설무백의 대답을 듣기 무섭게 방양이 눈총을 주었다.

이제야 자신의 생각이 무언가 현실과 괴리가 있는 것 같다는 느낌을 받으며 머리를 긁적였다.

"그건 또 그렇게는 연결이 안 되는 거였냐?"

방양이 끌끌 혀를 찼다.

"너라면 너의 영역을 침범하려는 장사꾼을 곁에 두겠냐?"

"두지 않지."

"너는 두지 않으려고 하는데, 걔들은 둘까? 걔들이 무슨 바보냐?"

설무백은 이제야 납득하며 멋쩍은 미소를 흘렸다.

방양이 짐짓 잡아먹을 듯이 사나운 눈초리로 그런 그를 쏘아보다가 이내 픽 웃으며 말했다.

"장사꾼은 넘어도 되는 선과 넘지 말아야 하는 선을 기필코 잘 구분하고 지켜야 해. 그걸 안 지키면 장사꾼의 생명은 그것으로 끝장이야. 말 그대로 그게 기본이자 철칙인 거지. 우리 북경상련이 무림맹과 거래하면서 흑도천상회하고도, 또 그들과 치열하게 싸우는 천사교하고도 별반 무리 없이 거래할 수 있는 게 다 그래서인 거다. 장사꾼의 기본인 철칙을 제대로 지켜서!"

단호하게 말을 끝낸 방양은 정말이지 한 수 가르쳐 준다는 식으로 짐짓 거만하게 부연했다.

"위험한 장사가 많이 남는다는 말 있지? 그건 말이야 도박장에서 도박꾼이나 하는 말이지 결코 장사꾼의 입에서 나올 말이 아니야. 장사꾼은 제아무리 많이 남는 장사라도 목숨을 거는 일은 없어야 하는 거다."

방양은 생각해 보니 정말 분하다는 듯 화를 덧붙였다.

천외천의
주인

"야, 내가 그렇듯 철저하게 장사치의 기본을 지키면서도 안전을 위해서 대체 얼마나 많은 기부금을 각대 문파에 내는 줄 아냐? 까놓고 말해서 소림과 무당만 해도 그저 이름을 파는 조건으로 달마다 무려 은자 일만 냥씩 들어간다. 그런데 무림맹은 또 따로 기부금이 들어가요. 일 년이면 대체 그 돈이 얼마냐? 내가 미친다, 아주. 남는 게 하나도 없는 장사를 할 때도 있어요, 내가!"

제아무리 장사꾼의 입에서 나오는 손해나 본전이라는 말은 절대 믿을 수 없는 엄살이라고 쳐도 이런 얘기를 처음 듣는 설무백으로서는 실로 방양에게 미안한 마음이 들어서 사과했다.

"미안하다. 내가 미처 거기까지는 몰랐다."

그러나 미안한 것은 미안한 것이고, 현실은 어디까지나 현실이었다. 내친김에 그는 덧붙여 말했다.

"하지만 아무리 그래도 더는 안 돼. 이제 그만 끊어라."

방양이 느닷없이 나온 말임에도 불구하고 예리하게 눈치챈 듯 한숨을 내쉬며 물었다.

"천사교를 말하는 거냐, 지금?"

설무백은 어깨를 으쓱했다.

"일단은."

방양이 오만상을 찡그린 채 설무백을 바라보았다.

대체 바라는 것이 뭔지 찾아보겠다는 눈치인데, 이내 포기하고 손을 내저은 그가 물었다.

"이단은 뭔데?"

설무백은 거두절미하고 단도직입적으로 말했다.

"연왕부와 한 배를 타 줘야겠다!"

방양은 대답하지 않고 침묵했다.

그저 입을 꾹 다문 채 한참이나 설무백의 시선을 마주하고 있었다.

눈동자 한 번 굴리지 않고 일체의 미동도 없어서 너무 놀란 나머지 사고가 마비된 것처럼 보였다.

물론 정말로 사고가 마비된 것은 아니었다.

뛰어난 상재인 그는 지금 설무백의 제안이 얼마나 막대한 의미를 내포하고 있는지 알기에 생각이 많아졌을 뿐이었다.

설무백은 그런 방양을 묵묵히 기다려 주었다.

지금 그의 제안은 천하의 그 누구도 강요로 수락할 수 있는 것이 아님을 익히 잘 알고 있었기 때문이다.

이윽고, 초점이 돌아온 방양이 말문을 열었다.

"생각이 많아졌을 뿐이지, 너의 제안을 부정적으로 보고 고민에 빠졌던 것이 아니야. 알지?"

"알지."

설무백이 수긍하자, 방양이 보란 듯 오만상을 찡그리며 물었다.

"그럼 하나만 묻자. 너, 나를 너무 과대평가하는 거 아니냐?"

설무백은 웃는 낯으로 반문했다.

"겁나냐?"

방양이 그걸 말이라고 하냐는 듯 쌍심지를 치켜뜨며 쏘아붙였다.

"당연하지! 이건 손해를 따지기에 앞서 장사치가 절대 내세우지 말아야 할 목숨이, 그것도 구족(九族)의 목숨이 걸린 일인데, 그럼 안 겁나겠냐?"

설무백은 대수롭지 않게 대꾸했다.

"넌 아직 자식이 없잖아? 아니, 그보다 여자는 있냐?"

방양이 버럭버럭했다.

"너 자꾸 이런 식으로 농담 따먹기 할래?"

"농담 아냐."

설무백은 대수롭지 않게 잘라 말했다.

"어렵게 생각하면 한없이 어렵지만 쉽게 생각하면 또 그것보다 쉬운 게 없어서 하는 말이야."

방양이 실소했다.

"너는 그게 쉽냐?"

설무백은 태연하게 대꾸했다.

"쉽지 않고? 그게 뭐가 어려워? 목숨만 걸면 되는데."

방양이 이제는 아주 학을 뗀 표정으로 설무백을 바라보았다.

설무백은 그에 아랑곳하지 않고 피식 웃으며 농담 같은 진담을 한마디 더했다.

"네가 아직 잘 모르는 모양인데, 죽는 건 쉽다. 사는 게 어렵지."

방양이 결국 말로 졌다는 듯 한숨을 내쉬며 두 손을 들어서 항복을 표시했다.

"이러면 되는 거지?"

설무백은 픽 웃고는 이내 진지해져서 말했다.

"사전에 네가 준비해 둘 것이 있다."

방양이 고개를 갸웃했다.

"준비해 줄 것이 아니라 준비해 둘 것?"

"그래. 내가 아니라 네가 해야 할 일이야."

"뭔데, 그게?"

"우선 재산을 빼돌려. 최대한 많이. 대신 언제든지 사용할 수 있도록 해야 해."

"언제든지 사용할 수 있으려면 황금이 좋겠지. 숨기기도 편하고, 간수도 쉽고. 그런데, 내가 왜 그래야 하는 건데?"

"싸움이 길어질 것 같아서."

"긴 싸움은 자금력의 싸움이지. 그럼 누군가 내 재산을 노릴 거라는 소리냐?"

"재산만이겠냐?"

설무백의 의미심장한 반문에 방양이 예리하게 상황을 간파한 듯 절로 투덜거렸다.

"젠장, 그럼 뭐야? 여차하면 내가 숨어 살아야 한다는 거잖아!"

"과연 네가 명석하긴 하네. 두 번 설명하지 않아도 되니 정말 편하군."

설무백은 엄지를 치켜세우고 나서 재우쳐 말했다.

"상황이 그렇게 돌아갈 수도 있으니, 경호도 미리 쓸 만한 자들로 바꾸어야겠지?"

방양이 짐짓 미간을 찌푸렸다.

"너답다. 사람 면전에서 아무렇지도 않게 그런 말을 하다니."

지금 그들이 대화를 나누고 있는 대청에는 모습을 감춘 채 방양을 경호하는 두 명의 호위가 있었다.

방양은 그걸 절대 모르지 않을 설무백이 아무렇지도 않게 그들의 부족함을 토로하자 눈치를 주는 것인데, 그는 덧붙여 이의를 제기했다.

"근데 이 친구들이 어때서? 채 대인이 엄선한 친구들인데, 부족하다는 거야?"

채 대인이라면 북경상련이 보유한 최고의 무력인 중원표국의 국주인 사자두 채인이었다.

북경상련에 속한 모든 무사들은 그가 총괄하고 있었다.

설무백은 그런 채인이 엄선한 호위라는 말을 듣고도 냉정하게 되물었다.

"지금 그들이 너를 지켜 주고 있냐?"

방양이 이제야 무언가 심상치 않은 느낌을 받은 듯 안색을 굳히며 호위들을 호명했다.

"아보(牙保)! 자건(子健)!"

조용했다.

부름을 받고도 나타나기는커녕 대답 하나 없었다.

방양의 곱지 않은 시선이 설무백에게 돌려졌다.

"뭐야?"

설무백은 대답 대신 어깨를 으쓱해 보이고는 백영을 호명했다.

"백영."

어디선가 미세한 바람이 불어와서 방양의 뒤에 머물렀다.

방양이 흠칫 놀라며 뒤를 돌아보았다.

귀신처럼 모습을 드러낸 백영이 그런 그를 향해 고개를 숙이며 말했다.

"잠시 잠재웠을 뿐이니, 너무 걱정하지 마십시오."

설무백이 대뜸 백영에게 물었다.

"동료들 중에 네가 가장 하수지?"

백영이 고개를 저었다.

"아니요. 가인보다 제가 센데요?"

설무백이 눈을 끔뻑였다.

"가환이었냐, 너?"

"예."

백영의 대답을 듣기 무섭게 설무백이 눈총을 주며 쏘아붙였다.

"가인도 네 몸에 있는 거니까, 어차피 같은 거잖아!"

백영이 싫지만 어쩔 수 없다는 듯 쓰게 입맛을 다시며 수긍했다.

"그렇게 따지면 아직은 아무래도 그렇죠."

설무백은 그제야 방양에게 시선을 주며 물었다.

"이 정도면 문제 있는 거지?"

방양이 곱지 않는 눈초리로 설무백을 쳐다보며 따졌다.

"내가 너와 같냐?"

설무백은 당연하다는 듯이 대꾸했다.

"당연히 같지 않지. 네가 나보다 돈이 더 많잖아."

"내가 지금 그럴 말하는 거냐?"

"그걸 말하든 저걸 말하든 결론은 같아. 돈으로 살 수 없는 건 지극히 제한적이니까. 억만금을 써서라도 쓸 만한 호위를 구해. 안 그러면 제때 사라지기는커녕 그 전에 목숨을 부지하지 못할 테니까."

"제때 사라지다니……?"

방양이 오만상을 찡그리며 재우쳐 물었다.

"그건 또 무슨 소리야?"

설무백은 짧고 간단하게 설명했다.

"숨으면 찾겠지. 그러니 찾지 못하게 사라져야지."

방양이 눈을 크게 떴다.

"지금 나보고 때맞춰서 죽으라는 소리냐?"

설무백은 짐짓 사납게 면박을 주며 말했다.

"헛소리 말고, 어서 네 일곱째 자형(姊兄)이나 불러라. 네가 어떻게 사라질지는 그 사람 앞에서 설명해 줄 테니까."

방양의 일곱째 자형은 바로 화기 제조의 명가로 손꼽히며 일명 산서뇌화가로 불리는 산서벽력당의 종손인 염마수 도염무였다.

방양은 설무백의 입에서 난데없이 도염무가 언급되자 도무지 모르겠다는 표정으로 오만상을 찡그리면서도 더는 묻지 않고 서둘러 사람을 불러서 도염무를 호출했다.

타고난 엄청난 배경이 무색하게 무골호인처럼 수더분한 인상의 중년인인 염마수 도염무는 느닷없는 총수의 호출에 놀랐는지 부리나케 달려왔다.

"총수께서 무슨 일로 저를……?"

"저 친구가 자형께 할 말이 있답니다."

도염무가 방양의 말에 어리둥절해서 설무백에게 시선을 돌리고는 반색했다. 이제야 알아본 것이다.

"아니, 이게 누구야? 설 형 아니오?"

"반갑소, 도 형."

"나도 반갑소. 헌데, 대체 무슨 일이기에……?"

설무백은 이제야 새삼 어리둥절한 시선을 던지는 도염무를 향해 거두절미하고 물었다.

"물어볼 것이 하나 있소. 여기 북경상련을 제가 아는 것처럼 만약의 사태에 대비한 산서벽력당과 같게 만들려면 시간이 얼마나 걸리겠소?"

도염무가 처음에는 무슨 말인지 제대로 이해를 못한 듯 그저 멀뚱거리는 눈으로 설무백을 쳐다보다가 이내 두 눈이 화등잔만 해져서 방양을 돌아보며 말을 더듬었다.

"저, 정말 그걸 원하시는 거요?"

방양이 질문의 의미를 전혀 모르면서도 고개를 끄덕이며 인정했다.

"대체 뭐가 뭔지 자세한 내막은 잘 모르겠지만, 그게 무슨 일이든 저 친구가 원하면 그리할 작정입니다."

도염무가 그제야 잠시 무언가를 계산하다가 이내 설무백에게 시선을 주며 말했다.

"도합 백열 개의 굉천뢰가 필요하고, 요소요소를 찾아서 깊게, 그리고 안전하게 그것을 묻으려면 제아무리 서둘러도 족히 한 달 보름은 걸릴 겁니다."

방양의 입이 절로 딱 벌어졌다.

"그, 그게 그 소리였냐?"

설무백은 싱긋 웃는 표정으로 두 손을 높이 활짝 펼쳐서 사방이 터져 나가는 시늉을 해 보이며 말했다.

"꽝 하고 사라지는 거지. 아무도 찾을 수 없게 말이야."

방양이 애써 진정하고는 이마의 식은땀을 닦으며 도염무에게 자리를 권했다.

"일단 앉으세요. 얘기라도 좀 자세히 들어 보게."

도염무가 그들의 자리에 합석하고 다시금 이야기가 시작되었다. 새벽이 바로 지난 아침에 시작된 자리가 땅거미가 지도록 끝나지 않고 이어진 길고 긴 이야기였다.

설무백은 모든 이야기가 끝나고 자리를 떠나기에 앞서 방양에게 주지시켰다.

"이건 약속이야. 북경상련이 폭발하면 하늘이 두 쪽 나는 한이 있어도 내가 기필코 너를 찾아가마."

방양은 그저 말없는 미소로 화답했다.

그 어떤 대답보다 확실하게 설무백을 믿고 있다는 미소로 보였다.

설무백은 그런 방양과 작별을 고하고 북경상련을 벗어났다.

그리고 발걸음을 서둘러서 인적이 드문 외딴 골목으로 들어섰다.

다음 목적지로 떠나기 전에 만나 볼 사람이 있었기 때문인데, 과연 그 사람은 아니, 그 사람들은 설무백 등이 외딴 길목으로 들어서기 무섭게 모습을 드러냈다.

언제나 두 사람이 한 몸처럼 움직이는 하오문의 묘안초도 석자문과 석자양 형제가 바로 그들이었다.

"주군을 뵙니다."

"왜, 안 들어오고?"

설무백은 슬쩍 손을 드는 것으로 답례하며 물었다.

그는 방양과 함께 있을 때 초도 석자양이 은밀하게 찾아왔다가 돌아갔다는 것을 이미 알고 있었다.

석자문이 가볍게 웃으며 대답했다.

"저는 저를 모르는 사람이 적을수록 좋은 사람입니다. 아무리 주군의 벗이라도 모르는 게 낫습니다."

설무백은 무슨 말인지 알기에 더는 따지지 않고 본론을 꺼냈다.

"내 얼굴이 내걸린 현상금 벽서 때문에 온 거야?"

석자문이 적잖게 당황하며 반문했다.

"벌써 만나신 겁니까?"

"아까 전 새벽에."

설무백은 대수롭지 않게 대꾸하고는 이내 새벽에 겪었던 일을 간략하게나마 설명해 주었다.

설명을 들은 석자문이 진땀을 흘리며 몸 둘 바를 몰라 했다.

"죄송합니다. 서두른다고 서둘렀는데도 늦었네요. 어제 저녁 늦게 붙은 벽서입니다. 중원에 있는 이렇다 할 낭인 시장에는 다 붙은 것 같습니다. 가용한 애들을 전부 다 동원해서 눈치껏 제거하고 있기는 합니다만……."

"아니, 그러지 마."

"예?"

"그냥 두라고, 내 현상금 벽서."

석자문이 어리둥절해하며 물었다.

"기껏해야 황금낭인들이 주군에게 어떤 위해가 될 거라고는 생각하지 않습니다만, 매우 귀찮아지실 겁니다."

설무백은 대답에 앞서 자못 매서운 눈초리로 석자문을 쏘아보았다.

"내가 하오문의 실력을 몰라서? 그걸 제거하려고 돌아다니다 보면 천사교의 주목을 받을 것이 뻔하고, 그럼 숱한 애들이 다칠 거야. 괜히 그나마 빼어난 정보력마저 잃을 수도 있으니 그냥 잠자코 가만히 있어."

석자문이 쓰게 입맛을 다시며 대답했다.

"우리를 위해 주는 것 같으면서도 왠지 우리를 무시하는 것 같기도 해서 기분이 참 묘하네요."

설무백은 짐짓 두 눈을 게슴츠레하게 뜨고 석자문을 바라보며 물었다.

"내가 하오문에 전달한 최고의 과제가 뭐지?"

"그거야……."

석자문이 갑작스러운 질문에도 머뭇거리지 않고 즉시 대답했다.

"남경충(南京蟲 : 바퀴벌레)처럼 끈질기게 살아남는 거죠."

설무백은 '이제 알겠지'라는 표정으로 웃으며 말없이 석자문을 쳐다보았다.

석자문이 과연 알아들은 듯 실없이 웃으며 말했다.

"위하는 게 맞는 것 같네요."

설무백은 안색을 바꾸며 자못 매서운 눈총을 주었다.

"알았으면 이제 그만 어서 사라져 주면 안 될까? 나 지금 매우 바쁘거든."

"그럼 저는 이만……!"

석자문이 재빨리 공수하며 돌아섰다.

그 뒤로 암중의 석자양이 짧은 목소리로나마 설무백에게 작별을 고하고 있었다.

"저도……!"

"발이 꽤나 넓군요."

설무백이 석자문 등과 헤어진 다음 남쪽으로 길게 뻗은 관도에 올라선 다음이었다.

슬쩍 설무백의 곁으로 다가온 검후가 중얼거렸다.

질문은 아니었으나, 엄연히 의혹인지라 설무백은 그냥 넘어가지 않고 짧게 응대했다.

"좀 그런 편이지."

검후가 설무백의 대수롭지 않게 대꾸에 감정이 변한 듯 살짝 미간을 찌푸리며 꼬집어 말했다.

"하오문과의 관계는 꽤나 비밀스러운 일인 것 같은데, 그렇게 막 내 앞에서 드러내도 되는 건가요?"

설무백은 역시나 대수롭지 않게 대꾸했다.

"당신이 나와 하오문의 관계를 안다고 해서 무슨 문제가 되지?"

그는 이내 검후를 돌아보며 재우쳐 물었다.

"설마 당신 아무데나 가서 남의 비밀을 주절주절 말하는 입 싼 여자인가?"

"……."

검후가 잠시 침묵하다가 이내 실소하며 돌아섰다.

"사람 입을 막는 재주가 아주 탁월하네요."

"자주 듣는 말이지."

설무백은 아무렇지도 않게 대꾸하고는 발길을 재촉했다.

"그보다 서두르자고. 시간이 지날수록 나를 찾아올 황금낭인들이 많아질 테니, 일정을 좀 앞당겨야겠어."

검후가 뒤따르며 물었다.

"다음 목적지는 어디죠?"

설무백은 대수롭지 않게 대답했다.

"하남성 정주부."

검후가 이채로운 눈길로 그를 바라보며 물었다.

"저를 팔 생각인가요?"

"무슨 소리야?"

"무슨 소리긴요. 거기 있는 사람들의 구 할 이상이 내가 누군지 알아볼 테니 하는 소리죠."

"거기……?"

설무백은 어리둥절하다가 이내 무슨 말인지 깨달으며 실소했다.

무림맹을 두고 하는 말이었다.

하남성의 성도인 정주부에는 무림맹의 총단이 있는 것이다.

설무백은 서두르든 발걸음을 문득 멈추고 돌아서서 검후를 마주보며 불쑥 손을 내밀었다.

검후가 흠칫하는 기색을 보이면서도 굳이 피하지 않았다.

설무백은 움찔하는 그녀의 죽립을 두 손으로 잡아서 앞에 늘어진 검은 면사를 소리 없이 뜯어냈다.

먹물로 그린 듯이 짙은 눈썹에 동그란 눈, 반듯하게 균형 잡힌 코와 작약처럼 붉으면서도 작은 입술이 절묘하게 조화를 이룬 그녀의 얼굴이 드러났다.

누구라도 절로 눈이 팔릴 만한 경국지색(傾國之色), 절세가인의 미모였다.

설무백은 그런 그녀의 얼굴을 지그시 바라보았다.

그때 그의 그림자에서 귀신처럼 튀어나온 요미가 그들 사이에 서서 자못 사납게 눈을 흘겼다.

"이러면 위험하다니까요."

"또 까분다."

설무백은 여지없이 요미의 머리를 한 대 쥐어박으며 미간을 찌푸린 채로 새삼스럽게 검후의 모습을 살펴보다가 이내 아예 죽립을 벗겨서 저만치 내던져 버렸다. 그리고 그는 다시 검후를 살펴보았고, 그제야 마음에 든다는 듯 흡족한 표정으로 돌아서며 말했다.

"이렇게 죽립을 벗고 있으면 거기 있는 구 할 이상은 당신이 누군지 절대 모를 거야."

이제야 설무백의 행동을 이해한 요미가 멋쩍게 웃는 낯으로 딴청을 부렸다.

내색은 삼갔으나, 요미와 별반 다르지 않은 기색이던 검후도 그제야 굳어졌던 안색을 풀었다.

검후가 어색한 분위기를 바꾸려는 듯 불쑥 물었다.

"거긴 왜 가는 거죠?"

설무백은 무심하게 대답했다.

"그냥. 확인해 볼 것이 있어서."

검후가 예민하게 말꼬리를 잡았다.

"그냥과 확인해 볼 것이 있다는 말은 전혀 다른 얘기예요. 대체 어느 것이 주인 거죠?"

설무백은 슬쩍 검후를 일별하며 혀를 찼다.

"빡빡하기는, 후자야. 그냥 조용히 확인하고 싶은 일이 있어서 가는 거니까, 괜히 쓸데없이 티내지 말길 바라."

검후가 코웃음을 치며 설무백을 외면했다.

"그건 제가 할 소리예요."

그러나 상황은 그들의 뜻대로 돌아가지 않았다.

하남성의 성도 정주부에 들어서기 이전부터 그랬는데, 우습지 않게도 그건 그들 중 누구 하나의 잘못도 아닌 공통의 책임이었다.

비로 죽립을 벗어 버린 검후가 원인이었기 때문이다.

설무백의 말마따나 죽립을 벗은 까닭에 그녀를 검후라고 생각하는 사람은 없었으나, 대신에 그녀의 빛나는 미색에 홀린 수많은 사내들이 발정난 개처럼 그들의 곁을 맴돌았던 것이다.

공야무륵과 혈영을 비롯한 암중의 삼영은 그 바람에 정신없이 바빠졌다.

겁 많은 애들이야 사나운 눈치나 조용한 윽박질만으로도 내쫓을 수 있었지만, 그걸로 통하지 않는 자들이 적지 않아서 어쩔 수 없이 완력을, 그것도 남몰래 조용히 행사해야 했기 때문이다.

하지만 정작 당사자인 검후는 그와 같은 상황에 신경 쓰지 않았다.

전혀 신경 쓰지 않았다면 거짓말일 테지만, 적어도 그다지 신경 쓰지 않고 있었다.

그보다 더 신경이 쓰이는 문제가 있었기 때문이다.

설무백의 발길이 무림맹과 거리가 먼 방향으로 향하고 있다는 것이 바로 그 문제였다.

무림맹은 정주부의 북문 밖을 병풍처럼 두른 태항산맥과 연결되어 있는 운대산을 등지고 자리했는데, 설무백의 발길은 북쪽에서 내려오는 관도를 탄 까닭에 자연스럽게 도착한 정주부의 북문 밖을 그냥 지나쳐서 성내로 들어왔다.

처음에는 성내에 거처를 잡고 무림맹을 방문하려나보다 했으나, 그게 아니었다.

단순히 성내에 거처를 잡으려는 것이라면 굳이 북문 가를 벗어날 이유가 없었다.

북문을 통해서 정주부로 입성한 설무백은 성내를 가로질러서 남문 방향으로 향하고 있었던 것이다.

검후는 참다못해 물었다.

"지금 어디 가는 거죠?"

설무백은 이미 다 알면서 뭘 그리 새삼스럽게 묻는 거냐는 표정으로 일별하며 대답했다.

"어디 가긴 어디를 가? 확인해 볼 것이 있다고 했잖아."

검후는 어이없어하며 말했다.

"무림맹은 이쪽이 아니라 저쪽이에요."

설무백은 미간을 찌푸리고 턱을 당기며 검후를 쳐다보았다.

"내가 언제 무림맹에 간다고 했던가?"

"무림맹에 가는 것이 아니라면 내 죽립은 대체 왜……?"

검후가 발끈하며 따지다가 이내 슬그머니 잦아들었다.

자신의 질문에 대한 답을 스스로 찾은 것이다.

설무백은 그와 상관없이 눈총을 주며 말했다.

"여긴 무림맹이 있는 정주부야. 당신이 그랬잖아. 무림맹에 있는 사람들 중 구 할 이상은 당신을 알아볼 거라고. 무림맹의 사람들이 방구석에만 틀어박혀 있을까? 아니잖아. 당연히 여기 돌아다닐 거 아냐. 그래서 조심한 건데, 갑자기 왜 그래? 대체 뭐가 문제야?"

검후가 잠시 꿀 먹은 벙어리처럼 입을 다문 채 두 눈만 깜빡이다가 이내 싸늘해져서 따지고 들었다.

"나를 놀리려고 일부러 그런 거죠?"

설무백은 태연하게 돌아서서 발길을 재촉하며 대답했다.

"일부러 그런 건 맞지만, 놀리려고 그런 건 아니야. 그저 구차하게 설명하기 귀찮아서 그랬던 거지."

검후가 뾰족하게 말꼬리를 잡았다.

"뭐가 그리 구차하고 귀찮았을까요?"

그냥 우야무야 넘어가려던 설무백은 감히 그러지 못하고 짐짓 한숨을 내쉬며 설명했다.

"왜 거길 가냐고, 누구를 만나서 무슨 일을 하려는 거냐고 차례대로 꼬치꼬치 물었을 거잖아. 내가 내막은 물론 상대의 신분조차 밝히기 어려운 입장이라는 것도 모르고 말이야. 아닌가?"

"……."

검후가 조개처럼 입을 다물었다.

무언의 수긍이었다. 당연히 그랬을 터였다.

하필이면 여기가 무림맹의 자리한 정주부라서 말이다.

설무백은 대수롭지 않게 그런 그녀를 외면하며 어느새 어둠이 내리기 시작에서 어둑어둑해진 주변을 두리번거렸다.

"그나저나 거의 다 온 것 같은데……?"

남문과 그리 멀리 떨어지지 않은 대로였다.

보통 도성의 대로는 상점이나 객점, 주루가 몰려 있는 저잣거리와 가까운데, 여기 정주부도 그랬다.

대로의 좌측은 주택가로 보였으나, 우측으로 줄지어 보이는 골목길은 저잣거리로 들어서는 길목이었다.

설무백은 그중 한 골목을 택해서 저잣거리로 들어섰고, 지근거리에 있는 객잔 하나를 보며 반색했다.

"저기네."

저잣거리의 초입에 자리한 아담한 규모의 객잔이었다.

입구에 춘래객잔(春來客棧)이라는 간판이 내걸려 있었다.

설무백은 곧바로 발걸음을 재촉해서 춘래객잔으로 들어갔다.

춘래객잔의 객청은 밖에서 볼 때와 사뭇 다르게 넓었고, 손님으로 꽉 들어차서 매우 떠들썩하게 식사를 하거나 술을 마시며 북적거렸다.

다른 지역과 비교해서 유독 사람이 많아 보였는데, 아마도 정주부에 무림맹이 있기 때문일 것이다.

"어서 오십시오, 손님!"

음식을 나르고 주문을 받으며 정신없이 분주하게 손님들의 탁자 사이를 누비던 점소이들 중 하나가 와중에도 안으로 들어

천외천의
주인

서는 설무백 등을 보고 달려와서 맞이했다.

설무백은 손가락 하나를 쳐들며 말했다.

"이 층으로."

점소이가 묘한 기색으로 설무백을 쳐다보며 확인했다.

"이 층은 독채로 주는 자리라 같은 음식도 여기 일 층 객청보다 몇 배 더한 가격을 받는데, 괜찮으시겠습니까, 손님?"

"괜찮아."

설무백은 대수롭지 않게 대꾸하며 문과 벗한 측면의 벽에 자리한 계단을 통해서 이 층으로 올라섰다.

과연 점소이의 말마따나 이 층은 매우 좁은 공간이었다.

기실 어느 지역을 가도 객잔이나 반점, 주루라는 이름은 상호(商號)라는 것 이외의 의미가 거의 없었다.

어느 곳이건 간에 식사를 팔고 술과 여자는 물론, 도박장과 잠을 잘 수 있는 침소를 제공하는 것이 보통이기 때문이다.

그에 준해서 객잔의 이 층은 음식보다는 차나 술을 팔거나 일부를 따로 구획해서 도박의 일종인 마작을 할 수 있도록 꾸며 놓는 것이 일반적인데, 춘래객잔의 이 층은 전혀 그렇지 않았다.

일 층 객청의 반도 안 되는 공간이라서 그런지 따로 구획한 공간 없이 그냥 통으로 하나의 객청이었다.

아마도 삼 층이 없는 이 층짜리 작은 객잔이라 도박이나 여자에 대한 부분을 후원의 별채로 돌린 것 같았다.

일 층 객청과 전혀 딴판으로 손님 하나 없이 텅 비워져 있는 것도 그 때문일 터였다.

아무리 독채라고는 해도 같은 음식을 몇 배나 더한 금액을 치르고 먹기 위해서 이 층에 오르는 사람은 거의 없는 것이다.

일행을 이끌고 이 층으로 올라선 설무백은 창가에 있는 탁자에 자리를 잡으며 적당한 음식과 술을 시켰다.

주문을 받은 점소이가 일 층으로 내려가자, 검후가 참고 있던 의혹을 드러냈다.

"중도에 따로 연락을 취하는 것은 본 적이 없고, 굳이 밥이나 먹겠다고 이곳을 찾은 것 같지도 않으니, 사전에, 그러니까 나를 만나기 전에 정해진 약속 장소라는 거네요. 여기 이 장소가. 그런가요?"

설무백은 픽 웃으며 고개를 삐딱하게 기울여서 검후를 쳐다보았다.

"왜지? 원래는 이렇게 자질구레한 것까지 따지는 사람이 아니지 않나? 전에 나를 처음 봤을 때도 그저 '보지 못한 것으로 하고, 기억에서 지워라!'라는 한마디로 끝내고 사라졌잖아."

검후는 선뜻 대꾸하지 못하고 입을 다물었다.

얼굴이 불그스름하게 변하는 것으로 봐서는 무언가 느끼는 바가 있는 것 같았다.

확실히 그녀가 이전에 설무백이 처음 만났을 때와 사뭇 다르다는 것은 어김없는 사실인 것이다.

대체 그녀에게 어떤 감정의 변화가 있었던 것일까?

그러나 설무백은 더 이상 그녀와의 대화를 이어 나갈 수가 없었다.

발소리가 들려왔다.

일 층 객청에서 이 층으로 올라오는 발짝 소리였는데, 이내 계단에서 세 개의 머리가 보이며 세 사람이 올라왔다.

한 사람은 앞서 주문을 받은 점소이고, 다른 두 사람은 분명 늙수그레한 노인이면서도 어딘지 모르게 노인처럼 보이지 않는 용모의 흑의 노인과 정말 폭삭 늙어서 걷는 것조차 버거워 보이는 꼬부랑 허리의 마의 노인이었다.

점소이가 그들, 두 노인을 가리키며 설무백 등을 향해 멋쩍게 웃는 낯으로 두 손을 비볐다.

"죄송한데, 손님. 제가 이미 이 층이 다 찼다는 말을 드렸는데도 굳이 이분 손님께서 이 층에서 식사를 하시겠다며 양해를 구해 달라고 하네요. 저기, 어떻게, 자리를 조금 내주실 수 있겠습니까?"

"자리도 넓은데, 그러지 뭐."

설무백은 생각할 것도 없다는 듯 바로 승낙하고는 엉거주춤서 있는 두 노인을 손짓해 불렀다.

"이쪽으로 오시죠. 내친김에 따로 상 차릴 필요 없이 그냥 동석합시다."

"그럴까요, 그럼."

흑의 노인이 반가운 기색으로 나서고, 꼬부랑 마의 노인이 힘겹게 그 뒤를 따라왔다.

점소이가 그 모습을 보고는 설무백 등을 향해 넙죽 고개를 숙이며 일 층 객청으로 달려 내려갔다.

"그럼 음식 바로 올리겠습니다, 손님!"

설무백은 그제야 안색이 변해서 다가오는 두 노인 중 앞선 흑의 노인을 삐딱하게 바라보며 말했다.

"뭐야? 이리로 오라고 하기에 원래 여기가 비밀 거처인가 보다 했더니만, 그게 아니었던 거야?"

흑의 노인, 바로 흑점의 총관인 흑혈이 누런 이를 드러내며 넉살을 부렸다.

"세상이 다 그렇죠. 그런가 보다 하면 사실 그게 아닌 것이 더 많지요. 흐흐흐……!"

거마효웅巨魔梟雄 (8)

설무백은 흑혈의 넉살과 상관없이 살짝 안색을 굳혔다.

흑혈과 동행한 꼬부랑 노인이 그의 눈에 실로 예사롭지 않게 보였다.

여태 그가 만나 본 무림의 고수들 중에서 능히 손에 꼽힐 정도의 기도가 느껴졌다.

절로 이채로운 눈빛을 드러낸 그는 자리에서 일어나서 정중한 태도를 취하며 말했다.

"아무래도 통성명부터 하는 것이……?"

설무백이 그렇듯 꼬부랑 노인도 같았다.

이 층으로 올라선 순간부터 이채로운 눈길로 설무백을 주시하고 있었다.

그런데 흑혈의 태도가 갑자기 이상했다.

설무백의 말은 들은 척도 하지 않고 마치 넋이 나간 사람처럼 멍하니 그대로 서서 중얼거렸다.

"소저의 방명(芳名)이 어찌 되시는지……?"

흑혈의 멍해진 시선은 검후에게 고정되어 있었다.

설무백과 동석한 그녀를 뒤늦게 발견한 그가 여우에 홀린 노총각처럼 얼빠져 버린 것이다.

상황을 확인한 설무백은 황당한 표정으로 실소했다.

반면에 흑혈의 시선을 마주한 검후는 소름이 돋은 기색으로 번개처럼 검자루를 잡았다.

설무백은 재빨리 그녀의 소매를 잡고 말렸다.

그러나 굳이 그가 나서지 않았어도 될 일이었다.

짝-!

찰진 타격음이 울리며 흑혈의 고개가 앞으로 숙여지다 못해 바닥에까지 처박혔다.

꼬부랑 노인이 폴짝 뛰다시피 하며 과격하게 그의 뒤통수를 후려갈긴 결과였다.

"왜 때려요!"

흑혈이 발작하듯 고개를 쳐들며 악을 썼다.

꼬부랑 노인이 새삼 폴짝 뛰어서 그런 그의 뒤통수를 세차게 한 대 더 후려갈기며 눈을 부라렸다.

짝-!

"왜 때리긴 왜 때리겠냐, 이놈아! 아직도 그 고질병을 못 버렸으니까 때리지, 이놈아!"

"아니, 사내가 여자를 보고 반하는 게 무슨 그리 대단한 병이라고……!"

짝—!

"악!"

"반반한 여자만 보면 매번 다 반하니까 병이지, 이놈아!"

"이번엔 아니에요!"

짝—!

"악!"

"아니긴 뭐가 아냐, 이놈아!"

"이번엔 진짜예요! 진짜로 첫눈에 반했다고요!"

짝—!

"악!"

"네가 언제는 가짜로 첫눈에 반한 적 있냐, 이놈아!"

"그만 때려요! 말로 해요, 말로!"

짝—!

"악!"

"말로 하면 네가 들어 처먹었냐, 이놈아!"

"알았어요, 알았다고요! 알았으니까, 그만 때려요!"

흑혈이 두 손으로 머리를 감싼 채 사정하며 거의 자빠지다시피 저만치 뒤로 물러났다.

꼬부랑 노인이 그제야 손을 멈추며 검후를 향해 공수했다.

"미안하네, 처자. 제자라고 하나 있는 것이 아쉬운 마음에 오냐오냐 하며 키웠더니만, 어디선지 모르게 마음에 병이 걸려서는 반반한 여자만 보면 발정난 개처럼 저 모양 저 꼴이라네. 하지만 젊은 혈기에 그러는 것이지 본디 심성은 그리 나쁜 녀석이 아니니, 이 늙은이의 얼굴을 봐서라도 너그럽게 용서해 주시게나."

그게 불쾌함의 화였는지 생경한 부끄러움의 발로였는지는 모르겠으나, 검후의 감정은 이미 풀어져 있었다.

그녀는 낯선 여자에게 한 번 한눈팔았다고 정신없이 두들겨 맞는 사내의 모습을 지켜보고도 감정이 풀리지 않는 메마른 여자가 아니었다.

다만 무언가 도저히 이해할 수 없는 표정으로 이내 흑혈을 일별하며 조심스럽게 그것을 입 밖으로 냈다.

"젊은 혈기……요?"

"아……!"

꼬부랑이 노인이 왜 그러는지 이해한다는 표정으로 웃으며 대답했다.

"저 녀석이 폭삭 겉늙어서 그렇지, 이제 고작 스물아홉이라네. 그러고 보니 올해가 아홉수라서 더 그런 건가?"

꼬부랑 노인이 정말 그런 건가 하는 표정으로 고개를 갸웃거리며 머리를 귀밑머리를 긁적였다.

분명 늙수그레한 노인이면서도 어딘지 모르게 노인처럼 보이지 않던 흑혈의 용모에 대한 비밀이 밝혀지는 순간이었다.

흑혈은 폭삭 겉늙어서 그렇지, 이제 고작 스물아홉의 청년이었던 것이다.

검후가 어처구니가 없다는 기색, 새삼스러운 눈초리로 흑혈을 쳐다보다가 이내 그게 큰 실례라고 생각했는지 조용히 수긍하며 물러났다.

"아, 예……!"

꼬부랑이 노인이 그제야 어색한 미소를 흘리다가 이내 깜빡했다는 듯 설무백을 바라보며 말했다.

"아참, 그래! 통성명을 해야지! 나로 말할 것 같으면……!"

설무백은 이미 꼬부랑 노인의 정체가 누군지 느낄 수 있어서 대수롭지 않게 그의 말을 가로채며 공수했다.

"압니다. 야제 천공수, 천 사형이죠? 반갑습니다. 사제 설무백이 처음 인사드립니다."

그랬다.

꼬부랑 노인은 바로 야신 매요광의 제자인 야제 천공수였다.

설무백은 그의 외모는 차치하고 행동거지만 보고도 대번에 그것을 알아차릴 수 있었다.

그의 모든 것이 매요광을 그대로 빼다 박은 것처럼 닮아 있었던 것이다.

천공수가 어리둥절해하며 물었다.

"어떻게 알았지?"

설무백은 있는 그대로 솔직히 대답했다.

"그냥 보고 알았습니다."

천공수가 영문을 모르겠다는 표정이다가 이내 활짝 웃으며 기꺼워했다.

"역시 그렇군. 혹시나 했는데, 역시나 그랬어. 사제는 사부님께서 말년에라도 탐낼 정도의 인재였던 게야. 이리 보게 되어 반갑네, 사제."

설무백은 자신의 태도를 전혀 다른 쪽으로 해석하는 천공수의 반응이 적잖게 당혹스러웠으나, 그렇다고 굳이 내색하고 싶지는 않았다.

실로 야신 매요광을 마주한 것 같은 기분이 들어서 전혀 나쁘지 않았다.

나쁘기는커녕 반가웠다.

"말로만 듣던 사형을 이렇게 만나게 되어 저도 반갑습니다. 언젠가 만나리라고는 생각했지만, 이런 식으로 만나게 될 줄은 정말 몰랐네요."

"그러게 말이야. 나 역시 사제가……!"

호들갑스럽게 대꾸하던 천공수가 문득 안색이 변하더니 말문을 닫았다가 곧 자못 예리해진 눈빛을 드러내며 넌지시 물었다.

"저들은 사제의 수하들인가?"

설무백은 조금 놀랐다.

적잖게 당황스럽기도 했다.

천공수의 기도가 예사롭지 않긴 했으나, 설마하니 혈영 등의 기척을 감지하리라고는 미처 예상하지 못했던 것이다.

"예, 그렇습니다."

설무백의 대답을 들은 천공수가 살짝 굳어진 안색으로 말했다.

"그럼 얼굴이나 보고 인사나 하세. 여기가 무슨 위험한 일이 있을 거라고 저렇게 암중에 웅크려서 숨죽이고 있을 것인가."

설무백은 즉답을 피하며 살짝 계면쩍은 표정이 되어서 뺨을 긁었다.

천공수의 모습이나 행동거지가 매우 익숙한 것처럼 지금의 상황 또한 전혀 낯설지 않았다.

과거의 매요광도 그를 만나고 나서 얼마간 시시때때로 이런 식으로 급변한 모습을 보이고는 했었다.

일종의 기세 싸움이었다.

매요광은 인연을 맺은 초창기에 그를 마음대로 쥐락펴락하려는 생각에서 종종 이렇게 압력을 행사했었다.

물론 얼마 지나지 않아서 그가 자신의 뜻대로 움직여지는 부류의 종자가 아니라는 것을 깨닫고 포기했지만 말이다.

'어디 그런 병서(兵書)라도 전해지는 건가?'

설무백은 내심 고소를 금치 못하며 말했다.

"일단 자리를 옮기죠?"

천공수가 고집을 부렸다.

"일단 얼굴부터 보지?"

설무백은 중재안을 냈다.

"그럼 이렇게 하죠, 사형. 우리 서로 공평하게 아는 것만 말하고 들킨 사람만 모습을 드러내는 것으로. 어때요? 괜찮죠?"

천공수의 안색이 변했다.

당연했다.

설무백의 말은 그도 암중의 동행자가 있다는 소리며, 그걸 이미 파악했다는 뜻이기 때문이다.

"지금 나랑 그것으로 내기를 하자 이거지?"

설무백은 피식 웃으며 수긍했다.

"내기에 걸리는 게 없으면 너무 밋밋하겠죠?"

천공수가 대번에 동의했다.

"뭘 걸까?"

"작은 것으로 하죠. 그게 무엇이든 상대가 요구하는 것을 주기로 하는 거 어때요?"

"그게 작은 건가?"

"꿀리면……."

"해! 하자고! 아주 재밌겠네!"

지기 싫어서 부지불식간에 승낙해 버리는 천공수의 두 눈빛에는 이미 승부욕으로 가득 차 있었다.

설무백은 그런 천공수의 태도조차 매요광과 너무나도 닮았다는 생각에 속으로 웃으며 선수를 양보했다.

"그럼 사형 먼저."

"그럴까, 그럼?"

천공수가 기꺼이 먼저 나서며 사뭇 예리해진 눈초리로 사위를 훑어보았다.

그리고 손가락을 연거푸 뻗어서 실내의 구석과 천장 등, 세 곳을 차례대로 가리키기 시작했다.

"저기와 저기!"

첫 번째로 가리킨 실내의 저편 벽의 구석에서는 떨떠름한 표정으로 입맛을 다시는 백영이 모습을 드러냈고, 두 번째로 가리킨 천장의 우측 구석에서는 흑영이 천장에 등을 대고 거머리처럼 달라붙어 있는 상태로 모습을 드러냈다.

"그리고 저기!"

그러나 천공수의 손가락이 세 번째로 가리킨 천장의 좌측 구석에서는 아무도 나타나지 않았다.

천공수가 슬쩍 설무백의 눈치를 보았다.

설무백은 픽 웃으며 말했다.

"무리하셨네요. 근거도 없이 넘겨짚는 것은 반칙입니다."

"미안. 내가 욕심이 과했네그려."

천공수가 찔끔해서 사과하며 이마에 맺힌 식은땀을 소매로 닦았다.

설무백의 말마따나 그가 세 번째로 가리킨 것은 누군가 거기 있다고 간파해서가 아니었다.

그저 느낌적인 느낌으로 거기도 누군가 있을 것 같아서 넘겨짚었는데, 설무백이 대번에 눈치채 버린 것이다.

"그럼 이제 제가……!"

설무백은 바로 잘못을 시인하며 사과하는 천공수의 모습 또한 매요광의 모습과 겹쳐 보여서 그냥 웃어넘기고 나섰다.

"밖에 있는 다섯 사람은 제외하고, 여기는……."

그의 손가락이 재빨리 두 곳을 가리켰다.

"여기와 저기, 두 사람이네요."

설무백의 손가락이 첫 번째로 가리킨 곳은 바로 옆에 붙은 창문이었다.

그가 손수 창문을 열자 거꾸로 매달린 채 길고 긴 반백의 머리카락을 아래로 늘어트린 노인의 얼굴이 나타났다.

하지만 설무백의 손가락이 두 번째로 가리킨 천장의 한구석은 그저 잠잠할 뿐, 아무런 반응이 없었다.

천공수가 의기양양한 모습으로 설무백을 보며 누런 이를 드러냈다.

"사제도 과욕을 부린 게로군."

설무백은 고개를 저었다.

"아니요. 부끄러움을 많이 타나 봐요."

천공수의 표정이 살짝 굳어졌다.

설마 사실인가 하는 표정이었다.

사실 그는 그 자신과 더불어 흑점의 공동 주인인 두 사람, 흑천신과 유령노조와 동행해서 이곳으로 왔다.

다만 그들 중 방금 전 설무백에게 간파당한 흑천신과 달리 유령노조의 은신술은 야신의 은신법을 거의 완벽하게 수련한 그와 버금가는 경지라 그조차 간파하기 어려워서 그야말로 반신반의하는 것이다.

"설마……?"

설마가 아니었다.

설무백이 한순간 적광석화처럼 자신이 가리킨 천장 아래로 이동해 손을 뻗으며 말했다.

"그렇다고 그냥 가시면 곤란하죠."

설무백의 한손이 천장을 뚫고 들어갔고, 이내 거칠게 당겨졌다.

천장의 일부가 와르르 무너져 내리는 가운데, 그의 손이 누군가의 발목을 잡은 채로 삐져나오고, 길쭉한 몸통과 끌려오지 않으려고 바동거리는 두 팔에 이어 화살촉처럼 뾰족한 턱을 가진 얼굴이 딸려 내려왔다.

"저, 저런……!"

천공수의 두 눈이 찢어질 듯 크게 부릅떠졌다.

그만이 아니라 구석에 서 있던 흑혈은 물론, 창밖에서 박쥐처럼 거꾸로 매달려 있다가 어느새 슬그머니 안으로 들어선 거

구의 노인, 흑천신마저도 경악과 불신에 찬 눈빛을 드러내며
입을 딱 벌리고 있었다.

설무백의 손아귀에 발목이 잡힌 채 천장에서 끌려 내려온
노인이 바로 유령노조였기 때문이다.

설무백은 그 순간에 잡고 있던 유령노조의 발목을 놓았다.

유령노조가 와중에도 순간적으로 몸을 비틀어서 중심을 잡
으며 바닥으로 내려섰다.

그러고는 설무백을 향해 쌍심지를 곧추세우며 버럭 고함을
질렀다.

"그냥 가려던 것이 아니라 돌아서 내려오려고 했어!"

유령노조의 발작적인 외침과 동시에 장내가 찬물을 끼얹은
것처럼 조용해졌다.

실로 진심이라도 구차하다 못해 우스꽝스럽게 들리는 유령
노조의 변명이 가져다준 웃지 못할 고요였다.

잠시 시간이 멈춘 것 같은 그사이 점소이가 삐쭉 고개를 내
밀었다가 사라지고, 이내 장궤로 보이는 중년인이 안절부절못
하는 모습으로 나타났다.

"저, 저기 여기서 이러시면……?"

멈추어진 것 같던 시간이 다시 돌아갔다.

다른 누구보다 한쪽에 물러나 있던 흑혈이 나서서 그것을
주도했다.

"별일 아니니까 수선 떨 필요 없어. 후원의 별채로 자리를

옮길 테니, 술과 음식은 거기로 보내 주도록."

전전긍긍하던 장궤가 후원의 별채로 자리를 옮긴다는 말을 듣자 다른 사람처럼 안색이 싹 변하며 고개를 숙였다.

"예, 알겠습니다. 그럼 그리 준비하도록 하겠습니다."

설무백은 이제야 애초에 가졌던 자신의 생각이 옳았다는 것을, 즉 여기 춘래객잔이 흑점과 무관하다는 흑혈의 말이 거짓임을 확신할 수 있었다.

장궤에 대한 흑혈의 언행은 차치하고, 거짓말처럼 차분한 모습으로 돌변한 장궤가 기실 상당한 수련을 거친 무공의 고수임을 알아보았던 것이다.

그는 일 층 객청으로 급히 내려가는 장궤를 일별하며 곱지 않은 눈초리로 흑혈를 바라보았다.

"세상에는 그런가 보다 하면 사실 그게 아닌 것이 더 많다며?"

"그런 경우가 더 많다고 했지, 그런 경우가 아주 없다고는 안 했죠."

흑혈이 천연덕스럽게 대꾸하고는 역시나 천연덕스럽게 웃는 낯으로 그와 천공수 등을 둘러보며 덧붙였다.

"일단 자리를 옮기죠. 명색이 무림맹의 총단이 지근거리에 있는데 나름 조심해야지 않겠습니까."

우직해 보이는 흑천신이 묵묵히 발길을 옮기고, 아무래도 설무백의 손에 발목을 잡힌 것 때문인지 알게 모르게 눈치를 보던 유령노조가 순순히 그 뒤를 따르는 가운데, 천공수가 제동을 걸었다.

"아니, 우선 내기를 끝내야지."

천공수가 빙그레 웃고는 실로 호기심이 가득한 눈초리로 설무백을 바라보며 계속 말했다.

"누군가 더 있을 것처럼 말해 놓고 이렇게 구렁이 담 넘어가듯 그냥 우야무야 넘어가면 곤란하지 않겠나, 사제."

설무백은 픽 웃으며 제안했다.

"일단 자리부터 옮기죠? 대신 자리를 옮기는 도중에라도 다 찾아내면 내기는 제가 진 것으로 해 드리죠."

천공수의 눈이 커졌다.

흑혈은 물론, 발길을 옮기다가 멈춰 선 흑천신도 이채로운 눈빛을 드러냈고, 유령노조는 그럴 리가 없다는 표정을 드러내며 대놓고 주변을 두리번거렸다.

그들의 생각에는 자신들의 이목을 피할 수 있는 누군가가 있다는 것 자체가 믿기지 않고 믿기 싫은 일이었다.

그런데 설무백이 '다 찾아내면'이라는 말로 암중의 누군가가 한 명이 아니라는 여운을 드리우자 실로 놀라지 않을 수 없는 것이다.

"후회할 텐데?"

"설마요."

"아니, 후회할 거야."

"싫으시면……."

"싫기는 무슨. 옮기자고 자리."

천공수가 재빨리 설무백을 외면하며 발길을 서둘렀다. 그러고는 보란 듯이 음충맞은 기소를 흘리며 말했다.

"나 사제라고 막 봐주고 그러는 성인군자가 아니야. 필요하다면 사제가 아니라 사부님이 살아서 돌아오신다고 해도 얼마든지 이용할 수 있는 사람이지. 명심해. 흐흐흐……!"

설무백은 절로 실소했다.

흑천신과 유령노조가 그사이에 묵묵히 천공수의 뒤를 따랐다.

흑혈이 천연덕스럽게 히죽거리는 얼굴로 설무백을 보며 두 손을 내밀어서 그들의 뒤를 가리켰다.

어서 따라가라는 시늉이었다.

설무백은 어깨를 으쓱이며 픽 웃고는 슬쩍 눈짓을 해서 검후를 앞세우며 조용히 그들의 뒤를 따라갔다.

"이쪽으로!"

당연히 객잔의 일 층 객청으로 내려갈 줄 알았는데, 그게 아니었다.

춘래객잔의 본청은 삼 층이 없는 이 층짜리 전각이었으나, 삼 층으로 올라가는 것 같은 계단이 놓여 있었고, 그 끝에 문이 달려 있었다.

그건 지붕으로 나가는 문이었고, 지붕의 한쪽 처마와 붙어서 후원으로 내려가는 계단이 나왔다.

사람들의 눈을 피해서 이 층을 벗어날 수 있도록 꾸민 일종의 비밀 통로로 보였는데, 설무백은 앞선 천공수 등의 뒤를 따라서 그 계단을 통해 후원으로 내려갔다.

후원은 단층의 전각들이, 바로 객방들이 담을 대신하는 것처럼 세 방향을 막은 채로 늘어서 있었다.

천공수 등은 그중 중앙의 전각으로 들어갔고, 설무백은 묵묵히 그 뒤를 따라갔다.

그런데 전각의 구조가 묘했다.

전각의 내부로 들어서면 좌우로 혹은 한쪽으로 객방의 문이 줄지어 달린 복도가 나올 것이라고 생각했으나, 전혀 그렇지 않았다.

전각의 문은 곧바로 좁고 낮은 통로로 이어져 있었다.

처음에는 고개만 숙이면 되었던 것이 점점 더 낮아지고 좁아져서 이내 거의 허리를 절반가량이나 접어야 간신히 지나갈 수 있는 통로가 되었다.

게다가 촛불 하나 밝혀 있지 않아서 칠흑 같은 어둠 속이었다.

그야말로 지옥의 문턱으로 들어서는 것처럼 섬뜩한 기분이 드는데, 그게 단지 기분만 그런 것이 아님을 설무백은 이내 간파할 수 있었다.

토굴처럼 생긴 좁은 통로가 어둠에 잠식되는 구간부터 위와 아래, 그리고 좌우에서 숨죽인 인기척이 느껴졌다.

매복이었다.

통로의 구석구석에는 매복이 깔려 있었다.

통로를 지나가는 사람을 감시하거나 관찰하기 위한 혹은 필요에 따라 처치하기 위한 매복일 것이다.

설무백은 절로 고개를 끄덕였다.

이런 곳에서 공격을 당한다면 어지간한 고수라도 꼼짝없이 당할 수밖에 없고, 제아무리 대단한 절대 고수라도 쉽게 대응하기 어려울 것이었다.

'역시 춘래객잔은……!'

흑점의 거점이 분명했다.

본거지인지 지부인지는 모르겠으나, 이런 식의 지형을 꾸며놓은 객잔을 그저 평범한 객잔으로 볼 수는 없었다.

그때 뒤따르던 공야무륵이 애써 그의 옆을 비집고 들어와서 앞으로 나섰고, 모습을 드러낸 채 따르고 있던 흑영과 백영이 뒤로 바짝 붙었다.

검후의 기세가 은연중에 예리하게 변한 것과 동시에 취한 행동이었다.

검후가 그렇듯 그들도 통로에 깔린 매복자들의 존재를 간파하고 대응에 나선 것이다.

설무백은 나직한 목소리로 그들을 진정시켰다.

"그러지 않아도 돼. 여기 토굴에서 나를 공격할 정도의 멍청이들은 아닌 것 같으니까."

설무백의 앞에서 걷다가 공야무륵이 끼어드는 바람에 거리가 벌어진 흑혈이 실로 의혹에 젖은 눈빛으로 돌아보면서 말했다.

"그냥 토굴이 아니라 생사관(生死關)이라고 합니다. 말 그대로 삶과 죽음이 결정되는 관문이라는 뜻이죠. 그래서 정말 궁금합니다. 여기서 사숙을 공격하는 것이 정말로 멍청한 짓이 되는 겁니까?"

설무백은 추호도 망설이지 않고 짧게 대꾸했다.

"응."

흑혈이 정말이지 납득하기 어렵다는 표정으로 설무백을 바라보았다.

칠흑 같은 어둠 속에서도 설무백의 눈에는 그게 정확히 보였다.

"왜 그런 눈으로 봐? 아닌 것 같아?"

"반반입니다."

흑혈이 잘라 물었다.

"그래서 묻는 건데, 어째서 그렇죠?"

설무백은 피식 웃으며 되물었다.

"생사관이라는 이 통로, 네가 만들어 놓은 거지?"

흑혈이 어둠속에서도 딴청을 부리며 대답을 회피했다.

설무백은 그에 전혀 아랑곳하지 않고 내친김에 한마디 더 물었다.

"여기가 본부였던 거야?"

흑혈이 심통 난 아이처럼 입을 뽀로통하게 내밀며 투덜거렸다.

"하나뿐인 사질 그만 괴롭히시고 어서 대답이나 좀 해 주시죠, 사숙?"

설무백은 굳이 부정하지 않는 흑혈의 태도에 피식 웃으며 생각하는 그대로 솔직하게 말해 주었다.

"어지간한 고수들에게는 이런 지형의 암도가 매우 쓸 만하지. 일단 공격을 받으면 반격의 여지가 거의 없으니까. 하지만 나 같은 정도의 사람에게는 소용없어. 오히려 매복자들에게 악재로 작용할 거야."

"왜요?"

"왜긴, 한꺼번에 날려 버릴 수 있으니까 그렇지."

흑혈의 눈이 커졌다.

"그 말씀인 즉, 사숙께서는 여기 암도를 박살 내 버릴 수 있다는 건가요?"

설무백은 태연하게 반문했다.

"내가 못할 것 같아?"

흑혈이 심각하게 굳어진 표정으로 슬쩍 저만치 앞서가는 천공수 등을 일별하며 대답했다.

"여기 암도는 사부님들의 능력을 기준으로 대비해서 만든 겁니다. 중간중간 사람이 소통할 수 있는 구멍이 뚫려 있긴 하나, 전체가 하나의 거대한 만년한철 덩어리죠. 사부님들이 힘을 합쳐도 여기 암도를 부수는 것은 불가능합니다."

설무백은 어디까지나 태연하게 거듭 물었다.

"그러니까, 내가 못할 것 같으냐고?"

흑혈이 대답 대신 침묵을 지켰다.

그러는 와중에도 그나 설무백은 발걸음을 멈추지 않고 있었는데, 마침 허리를 펴도 좋을 만큼 통로가 넓어지고 높아지더니, 이내 막혔던 숨통이 탁 트이는 것처럼 드넓은 공간이 나타났다.

대청이었다.

대체 전각이 어떤 식의 구조를 가지고 있는지는 알 수 없지만, 전각의 문과 연결된 토굴처럼 좁은 통로의 끝에는 대청이 자리하고 있었다.

설무백이 대청으로 들어서는 그 순간에 천공수가 허탈한 목소리로 흑혈의 대답을 대신하듯 말했다.

"사제라면 그럴 수 있을 것 같군. 아무리 봐도 사제의 무위를 측량할 길이 없으니 말이야. 게다가 생사관을 지나오는 내내 체면 불구하고 여기 이 두 늙은이와 소통했음에도 결국 저기 저 한 녀석밖에 찾지 못했으니, 내기는 나의 완패야."

자신의 완패를 자인하며 고개를 절레절레 흔드는 천공수가 손으로 가리킨 장소는 대청의 문에서 측면으로 서너 장가량 떨어진 곳에 놓인 거대한 청동향로의 그늘이었다.

순간, 청동향로의 그늘에서 어두운 그림자 하나가 떨어져 나왔다.

천공수가 흑천신과 유령노조와 소통해서 간파했다는 그 그림자의 주인은 바로 혈영이었다.

혈영이 슬쩍 설무백을 향해 고개를 숙여 보였다.

설무백은 그저 고개를 끄덕이는 것으로 답례했으나, 천공수 등 세 사람의 안색은 볼썽사납게 일그러졌다.

자신들이 심력에 심력을 기울여서 찾아낸 혈영의 태도가 마치 부족함을 사죄하는 것처럼 보였기 때문이다.

어쩌면 그래서일지도 몰랐다.

천공수가 사뭇 냉정해진 기색으로 설무백을 주시하며 물었다.

"이제 알려 주게. 실로 지금 이 자리에 우리 세 늙은이의 이목을 피한 자가 있는 건가?"

질문은 천공수가 했지만, 흑천신과 유령노조의 무거워진 시선도 벌써부터 설무백에게 고정되어 있었다.

설무백은 생각보다 심하게 낙담하는 그들의 태도가 못내 마음에 걸려서 잠시 머뭇거리긴 했으나, 그냥 넘어갈 수 있는 일이 아님을 알기에 바로 요미를 불러냈다.

"요미."

요미가 곧바로 그의 부름에 응해서 모습을 드러냈다.

그의 그림자 속에서 불쑥 튀어나오는 그녀의 모습은 그야말로 유령이 따로 없었다.

흑혈은 말할 것도 없고, 세 사람, 천공수와 흑천신, 유령노조가 입을 딱 벌린 채 화등잔처럼 커진 눈으로 요미를 바라보았다.

참으로 경악과 불신의 눈빛들이었다.

장내의 어딘가에 그들의 이목으로도 간파하지 못한 누군가가 있다고 해도 설마하니 바로 눈앞에 서 있는 설무백의 그림자 속에 숨어 있으리라고는 감히 상상초자 하지 못한 그들인 것이다.

그런데 그때 그들에게 더욱 황당한 사태가 벌어졌다.

"그렇군! 바로 흑점이었어!"

실로 그림자처럼 내내 있는 듯 없는 듯하던 검후가 문득 눈을 빛내며 뇌까렸다.

그리고 느닷없이 전광석화처럼 뽑아 든 검극으로 천공수 등세 사람을 가리키며 매서운 살기를 드러냈다.

"검후……?"

검후가 검을 뽑아서 천공수 등을 가리킨 직후, 흑혈이 반신반의하는 목소리로 중얼거린 말이었다.

천공수 등의 안색이 돌변했다.

요미의 은신술에 놀란 것과는 또 다른 차원의 경악과 불신인지 다들 놀라기보다는 얼떨떨해하는 모습이었다.

"대체 갑자기 이게 무슨 난리람?"

천공수가 너무 황당한 듯 울상이 되어 버린 얼굴로 설무백을 바라보며 물었다.

"검후가 왜 사제와 같이 있는 거지?"

설무백은 설명 대신 우선 검후의 앞을 막아섰다.

간단하게 설명할 수 있는 일이 아닌데다가, 검후의 기세가 정말이지 장난이 아니었기 때문이다.

"이유부터 알면 안 될까?"

검후가 시선을 천공수 등에게 고정한 채로 싸늘하게 대답했다.

"신격(神格)을 인정받고 검후가 되면 전통적으로 문파를 나서기 전에 백여덟 개의 배첩을 돌리지요. 저도 그랬고. 그중 네 개의 배첩이 저를 속이고 다른 사람을 내세우거나 다른 사람이 나섰으며, 두 개의 배첩이 저를 무시했어요. 그 두 개의 배첩 중 하나가 바로 흑점이에요."

설무백은 의혹 어린 표정을 지으며 천공수 등에게 시선을 주었다.

흑점이 어둠의 상인들을 대표하는 조직으로 제아무리 행사의 은밀함을 생명처럼 여기고 있다고 해도 검후의 배첩을 무시할 이유는 없었다.

강호 무림에서 검후의 배첩을 받는 것은 그 자체로 하나의 영광이기 때문이다.

그런데 천공수와 흑천신, 유령노조의 태도가 참으로 묘했다.

서로서로 시선을 교환하는데, 다들 어리둥절할 뿐, 누구 하나도 그에 대해서 아는 기색이 아니었다.

"뭡니까?"

설무백이 미간을 찌푸리며 의혹을 드러내자, 천공수가 짐짓 의미심장하게 치켜뜬 두 눈을 흑혈에게 던졌다.

"글쎄, 뭘까?"

흑천신과 유령노조가 일순 천공수와 마찬가지로 심상치 않은 눈초리로 변해서 흑혈을 바라보았다.

"하하하……!"

흑혈이 두 눈을 끔뻑이며 실없는 웃음을 흘리다가 이내 슬며시 웃음기를 지우고 품을 뒤져서 붉은 배첩 하나를 꺼내 보였다.

"역시 이것이 문제였네요."

검후의 배첩이었다.

장내의 살기가 짙어지며 검후의 검극이 번개처럼 흑혈에게 돌려졌다.

검신이 스스로 미세하게 진동하며 푸르스름한 기운을 발하기 시작했다.

이내 검신(劍身) 전체가 신비스러운 백광(白光)에 휩싸였다.

극도로 강화된 검기였다.

설무백은 새삼 손을 내밀어서 그녀의 앞을 막으며 입을 열었다.

"이유부터 듣자고 했잖아."

검후가 매서운 눈초리로 설무백을 쏘아보았다.

분노하는 기색으로 보였으나, 백색의 검기가 한결 누그러지고 있었다.

천공수와 유령노조가 그사이 소리쳤다.

"너 이놈……!"

"너 이놈의 자식……!"

흑천신이 그와 동시에 두 손을 내밀어서 천공수와 유령노조의 입을 막으며 무뚝뚝한 목소리로 물었다.

"왜 그런 거냐?"

그간의 언행으로 봐서 흑천신은 꼭 필요한 경우가 아니면 거의 입을 열거나 행동하지 않는 과묵한 사람이었다.

그런 사람의 입에서 나온 말은 무게가 없을 수 없었다.

흑혈도 그것을 익히 잘 아는지 입가에 미소를 떠올리면서도 결코 가볍지 않게 진중한 목소리로 대답했다.

"검후의 배첩을 무시한 것이 아니라 더 중대한 일을 선택했을 뿐입니다. 검후의 배첩을 받은 게 일 년 전인데, 저는 그때 이미 그보다 더욱 중대하다고 생각되는 일을 마주하고 있었거든요."

흑천신이 예의 묵직한 목소리로 물었다.

"무슨 일이었냐, 그게?"

흑혈이 의미심장하게 웃는 낯으로 어깨를 으쓱이며 두 손을 펼쳐 보였다.

"지금 마주하고 계시는 일이지요."

흑천신은 과묵할 뿐이지 무지한 사람이 아니었다.

흑혈의 대답을 듣기 무섭게 설무백을 향해 돌려지는 그의 시선이 그것을 대변했다.

천공수와 유령노조의 시선도 그를 따라서 설무백에게 돌려졌다. 그들도 흑혈의 말을 이해한 것이다.

설무백은 미간을 찌푸린 채 그들의 시선을 마주했다. 그 역시도 이미 흑혈의 말이 무슨 뜻인지 이해했기 때문이다.

흑천신이 이제 더는 자신이 나설 수 없다는 듯 조용히 물러났다.

천공수가 그를 대신하듯 말했다.

"그러니까, 그게 사제의 일 때문이었다는 거냐?"

와중에도 굳이 사제라는 말에 힘을 주어서 강조한 것은 천공수의 타고난 해학이자, 지략일 것이다.

흑혈이 장단을 맞추듯 자못 곤혹스러운 표정을 지으며 대답했다.

"하필이면 사숙의 일이니, 저라고 별수 있나요. 실로 저로서도 어려운 결정이었습니다. 다만 분명히 말씀드리는데, 제가 그때 검후의 배첩에 따라 비무에 나섰거나, 적어도 사부님들에게 배첩을 전해 드렸다면 오늘의 자리는 절대 없었습니다. 그때 제가 결단을 내려서 사숙을 만나러 갔었기에 오늘의 자리가 있는 겁니다."

천공수가 슬쩍 설무백을 일별하고는 검후를 향해 말했다.

"우리가 배첩에 대해서 몰랐다는 것은 이미 알 테고, 배첩에 대한 내막은 그렇다는구려."

검후가 미간을 찌푸렸다.

이걸 어떻게 이해하는 것이 좋을지 선뜻 판단이 서지 않아서 골치가 아픈 표정이었다.

설무백은 그런 그녀와 별개로 의문이 쌓여서 물었다.

"그럼 대체 그간 내게 연락 한 번 주지 않은 이유는 뭐라는 거야?"

흑혈이 어색한 미소를 흘리고는 은연중에 검후의 눈치를 보며 대답했다.

"그게 또 검후의 배첩도 그냥 무시하고 넘어갈 수 있을 정도로 가벼운 일이 아니라서요. 사숙을 만나고 돌아와서는 내내 흑점의 총력을 기울여서 검후의 행적을 추적했지요. 배첩이 정한 시일은 넘겼지만, 사정을 말하면 검후가 인정해 줄 것 같았거든요. 헤헤……!"

설무백은 실로 어이없는 표정을 드러냈다.

"무려 일 년 동안이나 말이지?"

흑혈이 사뭇 정색하며 고개를 저었다.

"일 년은 아니고, 대략 반년 정도 찾다가 포기했습니다. 검후의 행적이 워낙 신출귀몰(神出鬼沒)하게 동에 번쩍 서에 번쩍이라 매번 뒷북만 치다가 포기하고 말았습니다.”

“그럼 나머지 반년 동안은 뭐 하느라 연락을 안 했다는 거야?”

“그게, 반년 정도 지나니까 이미 늦었으니, 그냥 기다리는 게 낫겠다 싶더군요. 물론 사숙의 뜻을 받들어서 흑점의 야시를 무기한 폐장한 이후라 가능한 선택이었지요. 결국 사숙께서 이렇게 오셨고 말입니다. 흐흐흐……!”

설무백은 절로 한숨을 내쉬었다.

그간 품고 있던 흑점의 태도에 대한 의혹이 사실은 별게 아니었다는 것을 알게 되자 너무 허무해서 그런지 화는커녕 그냥 맥이 풀리는 기분이었다.

흑점을 찾아오면서 여차해서 수틀리면 깡그리 뒤집어엎겠다는 각오까지 한 그였기에 더욱 그랬다.

그런데 그만 허탈한 감정에 매몰된 것이 아니었다.

옆을 보니 검후의 얼굴도 그와 같은 기색으로 일그러져 있었다.

검후 역시 흑점이 자신의 배첩을 무시한 이유가 이런 식으로 기묘하게 얽혀 있었다는 것이 너무 어이없고 황당해 표정 관리조차 제대로 되지 않는 모습이었다.

설무백은 거듭 한숨을 내쉬며 나서서 이러지도 저러지도 못하고 있는 검후에게 수중의 검을 회수할 수 있는 기회를 제공했다.

"세상 참 요지경이군그래."

실없이 웃으며 중얼거린 그는 슬쩍 손을 내밀어서 검후가 수중에 들고 있는 검극을 아래로 눌렀다.

"결국 이 모든 사태의 주범이 나라는데, 나랑 싸울 거 아니면 그만 거두지?"

검후가 말없이 검을 거두었다.

설무백은 내친김에 장내의 분위기를 쇄신하려는 의미에서 한마디 더했다.

"그리고 부탁이 하나 있는데, 당신을 속이려 들었거나 무시한 배첩의 주인들이 누군지 말해 주면 안 될까? 언제고 나중에 또 갑자기 오늘처럼 놀라긴 싫어서 말이야."

검후가 슬쩍 시선을 돌렸다.

설무백을 향해서가 아니라 조금 전 그들이 지나온 좁은 통로, 생사관을 향해서였다.

다급한 인기척과 함께 그곳을 빠져나오는 중년의 사내 하나가 있었다.

"저기……!"

헐레벌떡 그들의 곁으로 달려온 중년 사내는 설무백 등으로 인한 장내의 분위기에 압도당한 표정으로 선뜻 말을 잇지 못했다.

흑혈이 눈치를 주며 말했다.

"괜찮으니까 그냥 말해."

중년 사내가 그제야 말했다.

"춘래객잔 주변에 무림맹의 무사들이 쫙 깔렸습니다."

흑혈이 눈살을 찌푸리며 면박을 주었다.

"그게 무슨 대수라고 이리 호들갑이야? 걔들이 그러는 게 어제오늘도 일도 아니잖아!"

중년사내가 그런 것이 아니라는 듯 고개를 급히 저으며 대답했다.

"철혈검 남궁유아가 이끄는 천검대와 빙녀 희여산이 이끄는 지검대의 정예들입니다! 남궁유아와 희여산이 직접 나선 것으로 확인되었습니다!"

흑혈의 눈이 커졌다.

"최전방에서 천사교의 지부나 털고 다니던 무림맹의 전위대가 대체 무슨 연유로 자기 집 앞마당을 이렇게 휘젓고 다닌다는 거야?"

"그, 그게 이유는 잘 모르겠지만, 누군가를 찾는 것 같습니다."

"누구를?"

"그건 저도 잘……!"

엉겁결에 따져 물은 흑혈이었으나, 흑점의 대내외 활동을 모두 총괄하는 총관인 그가 모르는 것을 그 아래 수하가 알 수는 없는 일이었다.

진땀을 흘리며 눈치를 보는 중년 사내를 보고 뒤늦게 그것을 깨달은 흑혈이 본능적으로 설무백을 바라보았다.

지금 이 시점에서 가장 유력한 용의자는 설무백이었다.

그런데 이제 보니 그만 설무백을 쳐다보고 있는 것이 아니었다.

천공수 등 세 사람은 대체 무슨 일인지 모르겠다는 듯 서로서로 시선을 교환하고 있었지만, 검후를 제외한 풍잔의 식구들은 너나 할 것 없이 전부 다 예사롭지 않은 눈빛으로 설무백을 주시하고 있었다.

게다가 요미의 눈초리에는 심상치 않게 은근한 적개심마저 담겨 있어 보였다.

흑혈은 절로 그들과 같은 편이 되어서 게슴츠레한 눈빛으로 삐딱하게 설무백을 바라보며 물었다.

"대체 뭐가 있는 겁니까, 사숙."

설무백은 대답 대신 막다른 골목에 다다른 사람처럼 길게 한숨을 내쉬고 투덜거리며 돌아서서 밖으로 향했다.

"다들 나 때문이라고 생각하는 것 같으니까, 어디 한번 나가 보도록 하지."

흑혈은 재빨리 나서서 생사관으로 나가려는 설무백의 소매를 잡으며 대청의 측면 벽에 늘어선 병풍을 가리켰다.

"그쪽 말고 이쪽으로……!"

설무백의 짐작대로 춘래객잔을 통해서 생사관을 거쳐 들어선 내부인 대청은 흑점의 본부가 맞았다.

다만 중원 전역에 있는 열두 개의 본부 중에 하나였는데, 생사관을 통해서 들어오는 통로는 외부인을 처음 들이는 입구였고, 내부인을 비롯해서 검증된 외부인이 출입하는 통로는 따로 있었다.

대청의 측면에 펼쳐진 병풍 뒤쪽의 벽에 달린 문이었다.

병풍 뒤에 자리한 문은 이름 모를 고서점의 내실로 연결되어 있었고, 고서점의 정문은 저잣거리로 나져 있었다.

고서점의 정문을 통해서 저잣거리로 나온 설무백은 무언가를 찾고 자시고 할 것도 없이 대번에 무림맹의 무사들을 발견했다.

바삐 오가는 사람들 속에서 심상치 않은 눈초리로 사위를 살피며 걷는 사내들이 적잖게 섞여 있었다.

가슴마다 무림맹을 상징하는 표식이 있는 것은 차치하고, 하나같이 상당한 무공 수련을 거친 듯 태양혈이 불룩하게 나온 사내들이라 바로 눈에 들어왔다.

들은 바 그대로 춘래객잔을 위시한 저잣거리 일대에 무림맹의 무사들이 쫙 깔려 있었던 것인데, 철혈검 남궁유아와 빙녀 희여산을 찾는 것도 전혀 어렵지 않았다.

어렵기는커녕 너무 쉬웠다.

일단의 무리가 저잣거리의 초입에서 대치하고 있었는데, 거기 그녀들이 같이 있었다.

우습지 않게도 그들 무리의 대치는 바로 그녀들을 앞세운 천검대와 지검대 무사들의 대치였다.

거마효웅巨魔梟雄 (9)

어떻게 보면 무리를 지은 여느 시골 동네 뒷골목을 주름잡는 건달들의 힘겨루기처럼 보이는 유치하기 짝이 없는 광경이었다.

십여 명의 수하들을 대동한 남궁유아와 희여산이 저마다 두 팔을 늘어트리고 마주서서 뻬딱하게 숙인 머리가 닿을 듯이 가까이 붙은 채 서로를 노려보며 치열한 언쟁을 벌이고 있었기 때문이다.

대신 그녀들 스스로도 자신들의 태도가 유치하다고 생각하는지 목소리는 크지 않았다.

아니, 크기는커녕 그녀들의 뒤에 시립한 상태로 서로를 노려보고 있는 사내들조차 어느 것이 누구의 말인지 쉽게 구분하기 어려울 만큼 작았다.

　마치 소싸움처럼 앞으로 삐딱하게 숙인 얼굴을 가까이 맞댄
채 거의 입안에서 웅얼거리는 낮은 목소리로 으르렁거리며 대
치하고 있고 것이 바로 그녀들의 모습이었다.

　그러나 제법 멀리 떨어진, 정확히는 대여섯 장 정도 후방에
서 있는 설무백은 굳이 지근거리로 다가서지 않아도 속삭임으
로 주고받는 그녀들의 언쟁을 정확히 들을 수 있었다.

　그 정도는 되는 고수가 그였다.

　"……괜히 창피당하지 말고 이 정도에서 물러서지?"

　"내 생각과 다르네? 나는 간절히 네가 물러서지 않았으면 하
는데?"

　"애들 앞에서 창피하니까 그만두자고."

　"애들 앞에서 창피해도 싫다고."

　"너 정말 끝까지 가 보자는 거냐?"

　"응, 바로 그거야. 어디 한번 가 보자, 우리. 사람들이 맨날
우리 놓고 비교하며 네가 위니 내가 위니 하는 거 지겹잖아. 안
그래?"

　남궁유아와 희여산의 언쟁을 듣던 설무백은 절로 고개를 갸
웃했다.

　자세한 내막은 몰라도, 희여산은 더 이상의 언쟁을 피하려
고 하는 데 반해 남궁유아는 절대 그럴 마음이 없는지 매우 전
투적으로 도발하고 있었다.

이건 그가 아는 그녀들의 성격상 선뜻 이해하기 어려운 모습이었다.

작금의 강호 무림에서 내로라하는 여고수들은 평가받는 그녀들은 기본적으로 싸움을 피하는 성격들이 아니긴 하지만, 희여산은 이렇게까지 방어적이지 않고 남궁유아는 이렇게까지 공격적이지 않다는 것이 그가 아는 그녀들의 성정이었다.

그런데 이내 그 이유가 드러났다.

"돌았구나, 너?"

"잘 아네. 그래 돌았다. 그러게 시비를 걸든지 욕을 하든지 나 하나로 만족해야지, 왜 가족을 건드리고 지랄이야?"

"이건 또 무슨 개소리야?"

"어라? 이젠 발뺌까지?"

"발뺌? 내가?"

"끝까지 이렇게 나온다 이거지? 설마 애들 앞이라고 내가 까놓고 말하지 못할 것 같아서 그러냐?"

"까놓고 자시고 무슨 미친년 널뛰기도 아니고, 갑자기 내가 왜 네 가족을 건드려?"

"지랄 옆차기 한다! 나 지금 내 동생 얘기하는 거야! 내 동생이 어디 광곤(光棍 : 건달)의 씨를 배든 날호(喇唬 : 파락호)의 애를 낳든 대체 네가 무슨 상관이라고 그 잘나지도 못한 주둥이로 여기저기 나불대고 다니냐, 이거야!"

"네 꼴을 보니, 지금 내가 무슨 말을 해도 전혀 안 먹히겠다.

그렇지?"

"잘 아네. 부탁한다. 한 대만 먼저 쳐 주라. 명색이 내가 너보다 어리잖아. 연장자를 먼저 쳤다는 소리는 듣기 싫거든."

분위기가 점점 더 흉흉하게 돌아갔다.

그녀들 사이에서 뜨겁고 차가운 기운이 만나서 충돌하며 무섭게 회오리쳤다.

설무백은 그와 상관없이 어째 들어 본 적이 없는 얘기라 새삼 고개를 갸웃거리며 굳이 따라나선 흑혈을 향해 물었다.

"남궁유아의 동생인 남궁유화가 변변치 못한 사내와 혼례를 올렸나?"

"예?"

흑혈이 어리둥절해하는 표정으로 눈을 끔뻑였다.

설무백은 대치하고 있는 남궁유아와 희여산을 슬쩍 눈짓으로 가리키며 재우쳐 물었다.

"지금 둘이 그 문제로 언쟁을 벌이고 있는데 그래?"

흑혈의 황당하다는 표정을 지으며 되물었다.

"설마 지금 여기서 저 여자들의 얘기가 들린다는 겁니까?"

설무백은 눈살을 찌푸렸다.

"자꾸 두 번 얘기하게 만들 거야?"

흑혈이 거짓말처럼 정색하며 대답했다.

"저기 남궁유아의 동생인 남궁유화가 얼마 전에 아비 없는 아이를 낳았습니다. 아비가 누군지 모르는 사생아를 말입니다.

다른 가문도 아니고 무려 남궁세가의 일이라 다들 쉬쉬하며 입에 담지 않고 있어서 아직 소문이 널리 퍼지지는 않았지만, 이제 곧 다 알게 될 겁니다. 발 없는 말이 하루에 천리를 간다고, 누구 입에서 나왔는지는 몰라도 벌써 여기 정주보에서는 아는 사람은 다 아는 얘기가 되었으니까요."

"그래?"

설무백은 자시도 모르게 미간을 찌푸렸다.

그의 기억에 있는 남궁유화는 매우 정갈하고 깐깐한 여자였는데, 사실은 그게 아니라는 얘기 같아서 입맛이 썼다.

"열 길 물속은 알아도 한 길 사람 속은 모른다더니만……!"

"예?"

"그냥 하는 말이야."

설무백은 불쑥 끼어드는 흑혈을 내치며 외면했다.

그러다가 문득 뇌리를 스치는 무언가가 있어서 다시 흑혈을 보며 물었다.

"언제지?"

"예?"

"남궁유화가 언제 아이를 낳았냐고?"

"그야 저도 모르죠. 남궁가에서 얼마나 철저하게 비밀을 유지했는지 그녀가 아비 없는 아이를 낳았다는 것도 최근에 알려진 사실인 걸요."

설무백은 이제야 남궁유아의 분노를 납득할 수 있었다.

그녀는 희여산이 동생의 비밀을 떠벌린 것이라고 생각하는 것이다.

"왜 그러세요? 뭐 그에 대해서 아는 바라도 있으신 겁니까?"

흑혈이 눈을 빛내며 설무백에게 다가섰다.

설무백은 그런 그에게 대답 대신 눈치를 주며 슬쩍 밀쳐냈다.

"흑점의 총관 노릇을 계속하고 싶으면 내게서 떨어져."

흑혈이 어리둥절해하다가 이내 그의 말을 깨달은 듯 안색을 바꾸며 슬금슬금 뒤로 물러났다.

적잖은 주변 사람들이 그들을 쳐다보고 있었다.

정확히는 설무백을 쳐다보고 있는 것이었다.

이런저런 배경을 다 떠나서 무림맹의 수위를 다투는 여고수들이라는 것만으로도 유명한 두 여자, 남궁유아와 희여산의 맹렬한 대치 속에서도 주변의 등불에 비추어져 은색으로 빛나는 그의 독특한 머리는 주변 사람들의 시선을 끌기에 충분했다.

그리고 그 여파는 이내 살벌하게 대치하고 있던 그녀들에게도 전해졌다.

그녀들은 구경꾼들이 점점 더 몰려들어서 인파를 이루는 와중에도 낮은 웅성거림 속에 분산되는 주변의 이목을 느끼고 이 상황을 감지했다.

그리고 거의 동시에 고개를 돌려서 설무백을 바라보았다.

"……!"

순간, 분위기가 갑자기 이상해졌다.

대치하고 있던 남궁유아와 희여산이 흠칫 놀란 기색을 보이며 떨어졌기 때문이다.

하지만 설무백은 그런 그녀들의 태도를 이상하게 볼 만큼의 눈치는 가지고 있지 않았다.

"오랜만이오. 이런 곳에서 두 분을 만날 줄은 몰랐구려."

설무백은 아무렇지 않게 인사를 건네며 그녀들에게 다가갔다.

그녀들을 에워싸고 있던 인파가 절로 갈라져서 길을 내주고 있었다.

희여산이 반갑게 그를 맞이했다.

"그러게요. 저야말로 이런 곳에서 설 공자를 만날 줄은 정말 몰랐네요."

남궁유아가 그에 대한 답례보다는 희여산의 태도를 곱지 않은 눈초리로 쳐다보며 코웃음을 쳤다.

"어라, 이 조신한 태도 전환은 뭐지? 요조숙녀가 따로 없네? 너도 여자라 이거냐?"

희여산이 '이건 뭐지' 하는 표정으로 남궁유아를 마주 노려보며 냉소를 날렸다.

"말이 묘하다, 너? 그럼 혹시 여태 내가 너처럼 여자가 아니라고 본 거냐?"

남궁유아의 얼굴이 붉어졌다.

전투적인 성격은 몰라도, 사람의 심사를 뒤트는 실력은 아무래도 그녀보다 희여산이 한 수 위였다.

결국 그녀는 본성을 드러내며 칼자루를 잡고 으르렁거렸다.

"그래, 누구 앞이면 어떠냐! 그냥 여기서 끝을 보자, 우리!"

희여산도 물러서지 않고 칼자루를 잡았다.

누가 뭐래도 그녀 역시 한 성질 하는 여자인 것이다.

"그래 보자, 끝장!"

그녀들의 행동과 동시에 그녀들의 뒤에 시립해 있던 십여 명의 사내들이, 바로 천검대와 지검대의 정예들도 저마다 칼을 뽑아 들었다.

그러나 일사불란하게 칼을 뽑아 든 그들과 달리 정작 남궁유아와 희여산은 칼을 뽑지 않고 있었다.

아니, 뽑을 수가 없었다.

순간적으로 나선 설무백이 두 손을 뻗어서 그녀들이 뽑으려한 칼자루의 머리를 지그시 눌렀기 때문이다.

무림맹의 무사들은 말할 것도 없고, 구경하던 주변 사람들 모두가 놀라서 절로 커진 눈으로 웅성거렸다.

당사자들인 남궁유아와 희여산도 적잖게 놀라고 당황한 기색이었다.

그럴 수밖에 없는 것이, 천하의 그녀들의 행동을 완력으로 막을 수 있는, 그것도 일시에 그럴 수 있는 사람이 몇이나 있을 것인가.

이내 불쾌한 기색으로 점철된 그녀들의 매서운 시선이 설무백의 얼굴에 고정되었다.

설무백은 그런 그녀들의 입에서 다른 말이 나오기 전에 먼저 말했다.

"'구시화지문(口是禍之門)이요, 설시참신도(舌是斬身刀)라, 입은 화가 나오는 문이요, 혀는 몸을 베는 칼이다'라고 했소. 나는 그저 두 분의 다툼을 막고 싶을 뿐이니, 우리 서로 감정에 따라 생각나는 대로 마구 말하지 말고 조심합시다. 나중에 서로에게 부끄러워질지 누가 알겠소?"

"쳇!"

남궁유아가 먼저 설무백의 손을 뿌리치며 물러났다.

뒤를 이어 희여산도 조용히 뒤로 물러나는 것으로 자신의 칼자루를 누르고 있는 설무백의 손을 뿌리쳤다.

설무백은 특유의 미온한 미소를 지으며 그녀들을 향해 정중히 공수했다.

"체면을 구기지 않게 도와줘서 고맙소."

남궁유아가 보란 듯이 희여산을 일별하고는 고깝지만 애써 참는다는 식으로 설무백에게 한마디 하며 돌아섰다.

"지난날의 답례로 오늘은 그냥 묵인하고 물러나지만, 다음에는 절대 그럴 수 없으니 조심하길 바라요."

설무백은 자리를 떠나는 그녀와 천검대의 정예들을 멀거니 바라보며 절로 고개를 갸웃거렸다.

'지난날의 답례……?'

뭐지 하던 그의 생각은 거기서 끝났다.

희여산이 뜻 모를 미소를 지은 채 그의 곁으로 바싹 다가서며 말을 건넸기 때문이다.

"사별삼일(士別三日)이면 괄목상대(刮目相對)라더니, 정말 못 본 사이에 많이 변했네요. 실로 후회가 되는군요. 이럴 줄 알았으면 애송이던 그때 그냥 날름 잡아먹어 버릴 것을 그랬어요."

설무백은 실소하며 충고했다.

"방금 전 내가 우리 서로 말을 조심하자고 했는데, 벌써 잊은 거요?"

"진심을 말한 거예요."

희여산이 대수롭지 않게 대구하고는 재우쳐 물었다.

"설마 진심도 감추고 살라는 건가요?"

태연하게 반문한 그녀가 일순 움찔하며 물러나서 주변의 등불이 만들어 놓은 설무백의 그림자를 살폈다.

놀랍게도 그녀는 고도의 은신술로 설무백의 그림자 속에 스며들어 있는 요미의 존재를 간파했다.

요미가 한순간 그녀에게 살기를 드러냈기 때문이다.

설무백은 가볍게 발을 구르는 것으로 요미의 태도를 책망하며 희여산의 질문에 대답했다.

"감추고 살 필요는 없지만, 충분히 주의할 필요는 있소. 때로는 진실이 그 어떤 거짓보다도 더 사람의 마음을 다치게 할 수 있으니까."

희여산이 의미심장한 표정을 지으며 말을 받았다.

"결국 조금 전의 내 말이 누군가의 마음을 다치게 했다는 소리네요."

"아니요."

설무백은 대수롭지 않게 잘라 말했다.

"그건 단순한 질투였소."

희여산이 보란 듯 질겁한 표정을 지으며 대답했다.

"과연 말을 조심해야겠네요. 적어도 당신 앞에서는요. 고작 질투에 그 정도 살기라니 말이에요."

설무백은 알아도 상관없는 일이고 그녀의 언변에 놀아나고 싶지도 않아서 그저 가볍게 웃으며 말문을 돌렸다.

"실없는 얘기는 그만둡시다. 그보다 무슨 일이오? 당신도 그렇고, 남궁 소저도 그렇고, 여기서 이러고 있을 사람들이 아니질 않소?"

희여산이 대답 대신 예리하게 변한 눈빛으로 설무백을 바라보다가 이내 신기하다는 듯 감탄했다.

"정말 놀랍네요. 이젠 나도 당신의 무력을 가늠할 수 없군요. 대체 사람이 어떻게 이렇듯 빠르게 변모할 수 있는 거죠?"

설무백은 대놓고 노골적으로 대화의 본질을 흐리는 희여산의 태도에 절로 고소를 금치 못했다.

역시나 그녀는 자신이 쉽게 주도할 수 있는 호락호락한 여자가 아니라는 생각이 들었다.

"대답하기 곤란한 사안인 모양이니, 그럽시다, 그럼."

설무백은 더 이상 희여산과 대화를 이어 나갈 수 없다고 판단하며 선뜻 말을 자르고 돌아섰다.

"남은 인연이 있으면 나중에 다시 봅시다."

희여산이 그런 그의 등에다가 대고 불쑥 말했다.

"대답하기 곤란한 사안이라서가 아니라 당신하고 대화하는 것이 왠지 영 어색하고 거북해서 그래요."

설무백은 발길을 멈추고 돌아섰다.

희여산이 그와 동시에 돌아서며 말했다.

"우리만 나선 것이 아니라 무림맹의 정예들이 전부 다 나선 거예요. 조금 전 무림맹의 모처에 침입자가 있었거든요. 그런데 여기서 당신을 만났네요."

그는 슬쩍 고개만 돌려서 쳐다보며 의미심장한 말을 덧붙였다.

"유아 그 애에게는 무슨 도움을 주었는지 모르지만, 나 역시 전날의 답례로 한마디 해 주자면, 조심해요. 지금까지의 상황으로 봐서는 당신이 가장 의심스러우니까."

설무백은 어이가 없어서 절로 헛웃음을 흘렸다.

이건 정말 그가 전혀 예상하지 못한 상황이었다.

희여산이 지그시 그런 그를 바라보다가 이내 돌아서서 자리를 떠나며 말했다.

"유아 그 애처럼 나 역시 당신은 아니라고 봐요. 하지만 다른 사람들의 눈에는 당신만큼 의심스러운 사람도 없을 테니, 조심하라는 거예요. 그럼 나는 이만, 당신 말마따나 남은 인연이 있다면 다시 보도록 하죠."

설무백은 자리를 뜨려는 희여산을 붙잡아서라도 조금 더 내막을 듣고 싶었으나, 그럴 수가 없었다.

흑혈이 다가와서 그의 소매를 잡고 늘어졌다.

"그녀의 말이 옳습니다. 어서 자리를 떠야 합니다. 하물며 사숙만이 아니라 우리 흑점에도 매우 좋지 않은 상황입니다."

설무백은 수긍하고 물러날 수밖에 없었다.

무림맹의 정예들이 총출동했다면 매우 긴밀한 문서가 유출되었거나 그에 상응하는 상황이 벌어졌다는 뜻이므로 쉽게 수습될 일이 아니었다.

여차하면 흑점의 거점이 노출될 수도 있는 것이다.

"굳이 정주부의 거점을 고집하는 것은 등잔 밑이 어둡다는 의미에서인가?"

"그 점도 무시할 수 없지만, 그에 앞서 여기 정주부는 우리가 먼저고, 무림맹이 나중입니다. 숨어 지내는 것도 서러운데 굴러온 돌에게 밀려날 수는 없지 않겠습니까."

"그건 누구 자존심으로 부리는 고집이야?"

"그야 당연히 사부님들의 자존심으로 부리는 고집이죠."

설무백은 피식 웃으며 제안했다.

"흑점이 한 가지 일만 제대로 해 주면 노인네들의 그 자존심을 쉽게 지킬 수 있도록 내가 도와주지."

"어떤 일을……?"

"간단한 일이야. 앞으로도 지금처럼 숨죽이고 지내면 돼."

"언제까지요?"

"그야 물론 내가 따로 연락을 줄 때까지지."

흑혈이 대답 대신 발길을 서둘러서 설무백을 이끌고 사람들의 이목이 닿지 않는 어두운 골목으로 들어섰고, 발길을 멈추고 나서도 심각해진 표정으로 한참을 고심하다가 어렵사리 말문을 열었다.

"흑점은 어둠의 상인을 대표하는 단체지요. 하지만 대표할 뿐 지배하지 않는 것이 전통입니다. 거기에는 여러 가지 이유가 있는데, 설명하자면 긴 얘기가 될 테니, 나중으로 미루고 우선 말씀드리자면 흑점의 전체가 움직여야 하는 일은 저나 사부님들의 독단으로 결정할 수가 없습니다."

설무백이 모르는 얘기였다.

"따로 결정을 내리는 사람이나 기관이 있다는 건가?"

흑혈이 고개를 저으며 설명했다.

"따로는 아니고 같이입니다. 어둠의 상인들 중에서 선출된 열 명의 흑상(黑商)들이 있는데, 흑점의 모든 결정은 그들과 함께합니다. 한시적으로 흑점의 야시를 열지 않기로 한 이번 결정도 그들을 소집해서 동의를 구하느라 나름 애를 먹었지요."

설무백은 이제야 흑혈의 태도가 전에 없이 신중한 이유를 깨달으며 피식 웃었다.

　"안 해도 되는 말까지 구구절절하게 하는 것을 보니, 내가 그 자리에 나서야 한다는 소리군. 그런 거야?"

　흑혈이 멋쩍은 미소를 흘리며 인정했다.

　"사실 이전의 일도 저와 사부님들이 힘을 써서 간신히 승인된 거거든요. 그런데 이번 일의 경우는 저번보다 더 빡빡할 것이 불을 보듯 뻔해서……."

　말꼬리를 흐린 그는 이내 거짓말처럼 활짝 웃는 낯으로 변해서 확신했다.

　"대신에 장담합니다. 사숙을 보면 필시 흑상들도 수긍할 겁니다. 다른 건 몰라도 사람 보는 눈은 있거든요 그치들이. 하하하……!"

　설무백은 잠시 고민한 끝에 마음을 정하고 물었다.

　"그들을 소집하는 데 며칠이나 걸려?"

　흑혈이 반색하며 대답했다.

　"며칠은 무슨, 당장 내일이라도 소집할 수 있습니다. 야시를 금지한 이후 다들 인근에 대기하고 있습니다."

　"다들 먹고살기 힘들다는 얘긴가?"

　"그 정도는 아니지만, 신경을 쓰지 않을 수 없는 일이긴 하죠. 저마다 별도의 흑점을 운영하고 있긴 해도, 야시가 수입 중 가장 큰 주력이니까요."

설무백은 묵묵히 고개를 끄덕였다.

상황을 보니 흑상들과의 만남은 피할 수 없는 일이었다.

상인에게 주력이 되는 사업을 못하게 하는 사람이 얼굴 한번 내비치지 않는다는 것은 말이 되지 않았으니까.

"쇠뿔도 당김에 빼랬다고, 그럼 내일 이 시간으로 하지."

흑혈이 즉시 고개를 숙이며 대답했다.

"알겠습니다. 그리 준비하겠습니다."

설무백은 그제야 흑혈의 뒤쪽으로 시선을 주며 말했다.

"들었지? 잠시 다녀올 곳이 있으니까 그때까지 거기서 신세 좀 지고 있어."

흑혈이 흠칫 놀라며 뒤를 돌아보았다. 그리고 못내 복잡하고 미묘한 눈빛을 드러내며 미간을 찡그렸다.

두 사람이 그의 뒤에 서 있었다.

설무백이 흑점의 본부에 남겨 둔 검후와 공야무륵이 바로 그들이었다.

흑혈의 입장에서는 상대가 제아무리 천하의 검후고 설무백의 최측근인 공야무륵이라도 이처럼 은밀하게 자신의 뒤로 다가서는 것 자체가 불쾌하고 싫었다.

설무백은 제아무리 해학적인 기질의 흑혈도 결국 어쩔 수 없는 무인이라는 사실을 인지하며 슬쩍 물었다.

"언제고 자리 한번 마련해 줘?"

흑혈이 반색했다.

"나쁘지 않지요."

"기대해."

설무백은 기꺼이 승낙하며 그의 어깨를 두드려 주었다.

그때 곁으로 나가선 검후가 끼어들었다.

"뭘 기대하라는 거죠?"

설무백은 사뭇 무뚝뚝하게 그녀의 말을 잘랐다.

"가능하면 남의 말에 끼어드는 버릇은 버려. 자칫 인품을 의심받게 되니까."

검후가 의외라는 표정으로 바라보다가 말했다.

"그럼 다른 걸 묻죠? 대체 당신의 손은 어디까지 뻗쳐 있는 거죠? 왕부는 차치하고, 하오문에 흑점도 부족해서 이젠 무림맹의 수위를 다투는 여고수들까지 당신을 반기던데, 대체 당신의 정체가 뭐예요?"

설무백이 뭐라고 대답하기도 전에 흑혈이 먼저 놀람을 드러냈다.

"왕부? 하오문요?"

검후가 어리둥절해하는 흑혈의 반응을 보고는 자신이 실언을 했다고 느꼈는지 무안한 기색으로 설무백의 눈치를 보았다.

설무백은 상관하지 않고 물었다.

"대체 언제부터 나와 있었던 거야?"

검후가 언제 눈치를 봤냐는 듯 냉정한 목소리로 대답했다.

"당신이 그 두 여자와 마주쳤을 때부터요."

바로 뒤따라 나왔다는 소리였다.

설무백은 슬쩍 고개를 돌려서 공야무륵을 쳐다보며 물었다.

"내가 왜 거기 남으라고 했을까?"

공야무륵이 대답 대신 계면쩍은 얼굴로 뒷머리를 긁적이며 그의 시선을 피했다.

하여간 생긴 것과 다르게 여자에게는 한없이 약한 그였다.

검후가 눈치를 보더니, 삭막해진 기색을 드러내며 뾰족한 목소리로 나섰다.

"내가 다른 누가 막는다고 막힐 사람으로 보이나요?"

"그럴 리가……!"

설무백은 급히 손을 내젓고는 이내 보란 듯이 웃으며 불쑥 물었다.

"그보다 재미있는 걸 보여 줄까?"

검후가 대답 대신 갑자기 뭐 하는 짓인가 싶은 눈치로 쳐다보았다.

설무백은 그런 그녀의 반응에 의미심장한 미소로 화답하며 슬쩍 고개를 돌려서 측면의 담장 위를 바라보았다.

정확히는 측면의 담장 위로 늘어진 전각의 처마였다.

검후를 비롯한 주변의 모든 시선이 그를 따라서 거기 전각의 처마에 고정되었다.

검후의 안색이 변했다. 이제 그녀도 느낀 모양이었다.

설무백은 그제야 말했다.

"괜히 창피당하지 말고 그냥 나오지?"

약간의 침묵이 흐른 뒤였다.

장내의 모든 시선이 고정된 처마 아래 어둠이 꾸물거리다가 어둠의 일각이 떨어져 나와서 처마를 타고 올라가더니, 이내 처마 끝에 쪼그리고 앉은 사람의 형상으로 변했다.

소위 야행복이라 불리는 흑의 무복을 차려입은 묘령의 소녀였다.

그 소녀가 설무백을 향해서 고개를 절레절레 흔들며 투덜거렸다.

"하여간 귀신이야, 아주 귀신!"

검후를 제외한 모든 사람들의 눈이 이채롭게 빛났다.

모습을 드러내고 툴툴거리는 흑의 소녀가 흔히 볼 수 없이 빼어난 미모의 소유자이기 때문이기도 하겠지만, 그에 앞서 검후를 제외한 모두가 첫눈에 그녀의 정체를 알아보았기 때문이다.

흑혈이 반신반의하는 모습으로 그것을 말했다.

"비접 부약운⋯⋯?"

그랬다.

설무백이 바라본 처마 아래 그늘 속에 숨어 있다가 처마를 타고 올라가서 모습을 드러낸 묘령의 흑의 소녀는 바로 천하 사대 미인의 하나이자, 흑도의 꽃으로 불리는 비접 부약운이었다.

검후가 놀라서 일그러진 얼굴로 중얼거렸다.

"사왕 부금도의 딸인 흑선궁의 그 비접 부약운……?"

처마에 새처럼 쪼그리고 앉은 부약운이 곱지 않게 일그러진 눈초리로 검후를 일별하며 설무백을 향해 물었다.

"나를 모르는 저 예쁘장한 아줌마는 대체 누구예요?"

"아줌마?"

볼썽사납게 일그러진 검후의 눈빛에서 독기가 치솟았다.

그녀도 어쩔 수 없이 무인이기 이전에 여자였다.

설무백은 그녀가 나서기 전에 먼저 나서서 말했다.

"지금 한가하게 그런 거나 물어보고 있을 때가 아니지 않나?"

부약운이 고운 미간을 찌푸리며 반문했다.

"내가 한가하지 않을 이유가 어디에 있죠?"

설무백은 손가락으로 자신의 뒤쪽을, 바로 저잣거리를 가리키며 말했다.

"누굴 찾으려고 혈안이 된 무림맹의 무사들이 저기 저쪽에 차고 넘쳤는데도 꽤나 여유만만이네?"

부약운이 코웃음을 쳤다.

"걔들이 찾는 건 내가 아니에요. 나는 무림맹의 일과 아무런 상관이 없으니까."

설무백은 잠시 입을 다문 채 뺨을 긁었다.

묘하게도 그녀의 말이나 태도가 거짓말로 보이지 않았다.

"아니라고?"

"아니에요!"

"근데, 당신이 왜 여기에 있는 거지?"

"그건……!"

부약운이 말문이 막힌 듯 머뭇거리다가 이내 도끼눈을 뜨고 설무백을 노려보며 쏘아붙였다.

"그걸 내가 당신에게 밝힐 이유는 없어요!"

설무백은 어깨를 으쓱했다.

"밝힐 이유가 있을 걸 아마?"

부약운이 뾰족하게 되물었다.

"뭔데요, 그게?"

설무백은 태연하게 대꾸했다.

"당신이 지금 여기에 있는 이유를 밝히지 않으면 내가 소리를 치를 테니까. 흑도천상회의 대외감찰사령 중 하나인 흑선궁의 비접 부약운이 여기에 있다고 말이야."

부약운이 어처구니가 없다는 표정으로 설무백을 바라보았다.

"당신이 나를, 이 부약운을 두고 그렇게 비겁한 짓을 한다고요?"

설무백은 뭐가 문제냐는 듯 어깨를 으쓱해 보였다.

"사실을 말하는 게 비겁한 짓인가? 그리고 당신이 내게 뭔데?"

부약운이 수치심을 느낀 표정으로 지그시 입술을 깨물며 잡아먹을 듯이 설무백을 노려보았다.

　검후가 애써 딴청을 부리며 곁에 있는 설무백에게만 들리는 목소리로 지나가는 말처럼 중얼거렸다.

　"과연 사람을 궁지로 모는 재주가 타의 추종을 불허하네요."

　"내가 좀 그런 편이지."

　설무백은 아무렇지도 않게 대꾸하고는 이내 부약운을 향해 귀찮다는 기색으로 드러내며 재촉했다.

　"뭐해? 어서 여기 온 이유를 불지 않고?"

　부약운이 억울하고 분해서 죽겠다는 표정이면서도 더는 머뭇거리지 않고 대답했다.

　"흑도천상회도 오늘 무림맹과 같은 꼴을 당했어요. 누군가 침입자가 밀실을 뒤지다가 도주했죠. 나는 그저 여기 정주부와 가까운 지역을 돌다가 그에 따른 밀명을 받고 무림맹의 동정을 살피러 왔을 뿐이에요."

　설무백은 예리하게 물었다.

　"그런 일을 당하자마자 굳이 무림맹의 동정을 살필 이유가 있었다는 거네?"

　부약운이 잠시 망설이다가 대답했다.

　"무림맹의 짓으로 보고 있어요, 우리 상부에서는."

　설무백은 무언가 알 것도 같고 모를 것 같다는 표정으로 고개를 끄덕거리며 혼잣말로 중얼거렸다.

　"한마디로 믿어, 못 믿어군."

부약운이 코웃음을 쳤다.

"믿거나 말거나 이제 내가 해 줄 수 있는 말은 더 이상 없어요. 그게 진실이니까!"

말을 끝맺기 무섭게 부약운이 툭툭 자리를 털고 일어나서 돌아서며 어둠과 동화되어 갔다.

장내의 시선이 설무백에게 쏠렸다.

그녀를 잡아야 할지 말아야 할지를 물어보는 시선들이었다.

설무백은 대수롭지 않게 주변의 시선을 외면하며 돌아섰다.

"혈영만 따라오고, 나머진 흑점에 신세 좀 지고 있어. 이래저래 잠시 다녀올 곳이 있으니까."

거마효웅巨魔梟雄 (10)

중원의 도성에서 행정구역을 구분하는 가장 큰 단위는 방(坊)이고, 그 방을 구획하는 길을 대로(大路)라 부르며, 대로의 사이를 연결하는 길을 소로(小路), 소로의 사이를 연결하며 주거지의 문까지 닿은 가장 작은 골목을 호동(胡同)이라고 부른다.

춘래객잔이 자리한 저잣거리를 벗어난 설무백의 발길은 바로 그 호동으로만 이어지고 있었다.

선택의 여지가 없는 일이었다.

부약운이 그런 길로만 갔기 때문이다.

지금 그는 은밀하게 부약운의 뒤를 추적하고 있는 것이다.

도중에 혈영이 불쑥 의혹을 드러냈다.

"왜죠?"

"뭐가?"

"주군께서 지금 부약운을 따라가는 이유요."

"이런저런 사태를 수습하려면 그녀가 필요해서."

"그럼 그냥 잡으시지, 왜 이렇게 몰래 따라가는 건지……?"

"혹시 몰라서."

"예?"

"내게 진실을 밝힌 거면 필요한데, 거짓으로 기만했다면 필요 없거든. 전례를 보면 얼마든지 나를 속일 수 있는 여자잖아. 그래서 그래. 이후의 행동을 살펴보면 답이 나오니까."

"아……!"

혈영이 수긍하며 조용해지자, 이번에는 설무백이 불쑥 물었다.

"아까는 왜 그랬어?"

"예?"

"흑점의 생사관에서 말이야."

"……."

"일부러 기척을 드러냈잖아."

그랬다.

흑점의 생사관을 지날 때 혈영은 일부러, 지극히 의도적으로 천공수 등에게 자신의 기척을 드러냈다.

"그저 단순한 실수입니다."

"실수? 내가 혈영의 실력을 모를까봐 그런 소리를 해?"

실수가 아니었다.

설무백이 아는 혈영의 은신술은 요미와 비교해도 차이가 없었다.

아주 없다고는 말할 수 없지만, 실로 그 차이기 미비해서 때와 장소 혹은 마음가짐의 변화에 따라 승부가 가려질 정도였다.

혈영이 수련한 무산오괴의 무공은 요미가 익힌 전진사가의 절대사공과 비교해도 크게 뒤떨어지는 무공이 아닐뿐더러, 아직 칠 성의 수준에 불과한 요미의 사천미령제신술에 비해 혈영이 습득한 무산오괴의 무공은 이미 대성을 목전에 두고 있기에 더욱 그랬다.

그런데 혈영만 발각되었다.

그건 아무리 봐도 실수가 아니라 의도적인 노출이 분명했고, 설무백은 그 이유도 능히 짐작하고 있었다.

"앞으로는 그러지 마."

"……."

"혈영의 임무는 암중에서, 말 그대로 다른 사람들의 이목이 닿지 않는 곳에 숨어서 나를 지켜 주는 거야. 적의 표적이 되어서 나를 지키는 것이 아니라. 그 어떤 상황에서도, 설령 적의 생각보다 더 엄청나게 강해도 말이야. 만에 하나 그렇게 하다가 혈영이 당해 버리면 정작 나는 누가 지키나?"

"……!"

"이번 일은 혈영의 실수고, 요미가 잘한 거야."

"……죄송합니다."

"그건 내가 원하는 대답이 아닌 걸?"

"……앞으로는 절대 그러지 않겠습니다!"

설무백은 그제야 미소를 드러내서 분위기를 바꾸며 물었다.

"그런데 생사관의 매복자들이 정말 그렇게 강하게 보였어?"

혈영이 한결 더 신중해진 목소리로 대답했다.

"강하게 보였다기보다는 위험해 보이는 자들이었습니다. 열세 명 전부 다 특별한 무공과 수련으로 다져진 특급 살수들이 분명합니다."

"그들의 공격이 집중되면 나라도 위험해 보였을 정도로 말이지?"

"죄송하지만, 그렇게 느꼈습니다."

설무백은 피식 웃으며 물었다.

"지금은 좀 생각이 바뀌지 않았나? 흑점이 나와 어떤 관계를 유지하고 싶은지 알았으니까, 위험한 것이 아니라 든든한 것으로 말이야."

혈영이 부정적으로 대답했다.

"아직은 잘 모르겠습니다. 흑점은 어둠의 상인들을 대표하는 조직입니다. 어둠의 상인이 왜 어둠의 상인이겠습니까. 이득과 실리 앞에서는 얼마든지 인성을 저버리고 폭주할 수 있는 자들이 그들, 어둠의 상인들이라는 것이 그간 제가 가지고 있던 생각입니다."

천외천의
주인

그는 단호한 어조로 덧붙였다.

"주군의 생각과 판단을 따르기는 하겠지만, 제가 그들에게 가진 경계의 시선은 결코 쉽게 낮아질 것 같지 않습니다."

"공야무륵과는 다르군."

설무백이 불쑥 한마디 흘리자, 혈영이 잠시 뜸을 들였다가 말을 받았다.

"……공야 형은 저와 달리 주군의 말이라면 무조건 믿지만, 저는 주군의 말도 의심하고 따지는 편이니까요."

"역시 솔직해서 좋아."

설무백은 새삼 피식 웃으며 한마디 하고는 이내 말을 덧붙여서 혈영의 생각을 존중해 주었다.

"충분히 이해해. 사람의 생각이 다 같을 수는 없는 거니까. 하물며 그래서 혈영이 실수한 적도 없고."

그리고 말미에 꼬집었다.

"물론 오늘만 빼고."

"……죄송합니다. 정말 다시는……!"

"쉿!"

진땀을 흘리듯이 애써 대답하는 혈영의 말을 설무백이 재빨리 끊었다. 그리고 동시에 발길을 멈추며 자세를 낮추었다.

그들은 대화를 나누는 동안에도 멈추지 않고 부약운의 뒤를 따라서 성내를 가로질렀고, 어느새 성곽을 벗어난 상태였는데, 저 멀리 어둠 속에서 앞서가던 부약운이 갑자기 발길을 멈춘 것이다.

이유가 있었다.

건너편 어둠 속에서 인기척이 새 나오더니, 이내 일단의 사내들이 모습을 드러내서 부약운을 맞이했다.

"늦었구려."

어둠 속에서 모습을 드러낸 사내들은 둘이었다.

하나는 창백한 얼굴에 실처럼 가는 눈매를 가진 반백의 노인이었고, 다른 하나는 덤불처럼 무성한 수염 사이에 구릿빛으로 번들거리는 얼굴을 가진 중년의 사내였는데, 부약운에게 말을 건넨 사람은 실눈을 가진 반백의 노인이었다.

부약운이 슬쩍 노인을 일별하며 귀찮다는 듯이 대답했다.

"사정이 좀 있어서 조금 늦었어요."

노인이 말꼬리를 잡았다.

"어떤 사정이오?"

"그냥 개인적인 사정이니 신경 쓰지 마세요."

"그게 무슨 소리요? 여기는 적진이오. 여기서 무슨 개인적인 사정이 있을 거라고 그리 감추려는 거요?"

부약운이 곱지 않게 일그러진 눈가로 노인을 바라보았다.

"뭐죠, 그 추궁은? 나는 내가 나이는 몰라도 지위는 그쪽 염(廉) 노인과 같다고 아는데, 혹시 언제 그게 바뀐 건가요?"

염 노인이 능글맞게 웃으며 손사래를 쳤다.

"그럴 리가 있겠소. 본인은 다만 감찰 제일사령으로서 감찰

제이사령이 임무를 소홀히 하는 것은 아닌가 확인하려는 것뿐이오."

부약운이 따라 웃으며 삐딱하게 염 노인을 쳐다봤다.

"보세요, 염 노인. 아니, 염 할아버지. 우리 흑도천상회에서 감찰사령을 제일이니, 제이니, 제삼이니, 하고 나누어 놓은 것은 정보 수급의 편의를 위한 방편이지 서로가 서로를 감시하라는 취지가 아니에요. 모르셨어요?"

염 노인의 얼굴이 붉어졌다.

부약운이 그러거나 말거나 그에게 대꾸할 기회를 주지 않고 냉소를 날리며 덧붙여 쏘아붙였다.

"부탁하는데, 나이를 먹어서 머리 회전이 늦으면 눈치라도 좀 보세요. 전대에서는 어떻게 좀 잘나가셨는지 몰라도 요즘은 염 할아버지가 잘나가던 그 시대가 아니라는 걸 잊지 마시라고요. 괜히 이리저리 줄타기하다가 시궁창으로 처박힐 수 있으니 조심하시라는 겁니다. 아셨죠?"

염 노인의 이마에 핏줄이 불거졌다.

심중의 분노가 여지없이 머리꼭대기까지 치솟은 모습이었다.

"아니, 이런 건방진 계집을 보았나! 어리다고 오냐오냐 하고 받아 주었더니만, 고마워하기는커녕 참으로 하늘 높은 줄 모르고 까부는구나! 네년의 눈에는 내가, 이 북망요수(北邙妖手) 염자양(廉子梁)이 그리도 우습게 보이더란 말이냐!"

북망요수 염자양이라면 호남성(湖南省) 침주(郴州) 일대에서 암약하던 유명한 마적 떼 요수당(妖手黨)의 두목 노릇을 하던 전대의 거마였다.

소문에 의하면 당시 워낙 악독하고 흉악한 짓을 많이 자행해서 악명이 자자한 까닭에 참다못한 인근의 협사들이 나서고, 나중에는 구대 문파의 제자들까지 합세하는 바람에 이리저리 도주하다가 끝내 요수당을 해체하고 잠적한 자였는데, 놀랍게도 흑도천상회의 일원이 되어 있는 것이다.

'요즘 시류를 타려고 전대의 거마효웅이 모습을 드러낸다고 하더니만, 저자도……?'

설무백은 노인의 정체가 북망요수 염자양임을 알게 되자 절로 묘한 심정이 되어 버렸다.

염자양과의 인연 때문이었다.

우습지 않게도 염자양은 전생에서 그의 손에 죽은 자였다.

그때 부약운이 마치 그의 불편한 심정을 대변하는 것처럼 한층 더한 도발로 염자양의 분노에 기름을 끼얹었다.

"응, 우습게 보여. 정말 같잖고 보기 싫어. 세를 넓힌답시고 당신 같은 늙은이들까지 받아들이는 흑도천상회가 짜증 나서 아주 지긋지긋할 정도로. 그래서 뭐? 어디 한번 해보시게? 난 괜찮은데?"

표독스럽게 쏘아붙인 부약운은 얄밉도록 당당하게 턱을 높이 쳐들며 지긋이 염자양을 바라보았다.

그녀 자신의 말마따나 해볼 테면 얼마든지 해보라는 태도였다.

울컥하고 나서서 칼자루를 잡은 염자양이 그대로 정지한 채로 그녀를 노려보며 전신을 부들부들 떨었다.

그러나 주체하기 어려울 정도의 분노로 얼굴이 썩은 간처럼 시커멓게 변한 와중에도 그는 산전수전 다 겪은 노물답게 앞서 부약운의 배경을 상기하며 감히 더 이상의 행동은 하지 못했다.

그런데 때마침 털북숭이 중년 사내가 그들 사이를 가로막으며 나섰다.

"왜들 이러시오. 부 사령도 그렇고, 염 사령도 그렇고, 오늘따라 너무 예민한 것 같소. 적진에서 이렇듯 우리끼리 싸움을 벌여서 대체 뭘 어쩌자는 거요?"

"큼!"

염자양이 헛기침을 하며 먼저 물러났다.

아무래도 모든 면에서 부약운보다는 그가 더 참아야 하는 약자였는데, 그는 그걸 드러내기 싫은 듯 한마디 했다.

"나잇살깨나 처먹은 내가 참지."

부약운이 이제 더는 말을 섞기 싫은지 같잖다는 눈빛으로 그런 염자양을 외면하며 털북숭이 사내를 향해 물었다.

"뭐 좀 건진 게 있나요?"

털북숭이 사내가 계면쩍은 표정으로 고개를 저었다.

"없소. 사방팔방에 무림맹의 정예들이 깔려서 무언가 알아보기 쉽지 않은 상황이오."

"나도 그랬어요."

부약운은 짧게 대꾸하고 돌아서며 덧붙여 말했다.

"그럼 우리 그냥 여기서 헤어져요. 나는 남아서 조금 더 무림맹의 동향을 살펴볼 생각이니, 남든 돌아가든 각자 알아서 움직이도록 해요."

각오를 드러내듯 당차게 돌아선 그녀는 우습지 않게도 그대로 얼음처럼 굳어서 두 눈을 크게 떴다.

설무백이 그 순간에 자리를 털고 일어나서 그녀에게 다가갔기 때문이다.

겨우 한걸음이었다.

그 한걸음이 십여 장이나 되는 거리를 지우며 그의 신형을 부약운의 면전에 데려다 놓았다.

"……?"

너무 놀란 나머지 그 어떤 행동도 하지 못하고 굳어져 버린 부약운이 뒤늦게 입을 열어서 말을 더듬었다.

"다, 당신이 어떻게 여, 여길……?"

부약운이 알은척을 하자, 설무백을 적으로 보고 반사적으로 칼자루를 뽑아 든 염자양과 털북숭이 사내도 동작을 멈추었다.

설무백은 그와 상관없이 부약운을 향해 말했다.

"괜히 여기저기 들쑤셔서 사태만 더 복잡하게 만들지 말고 그냥 나와 함께 가는 건 어때?"

부약운이 얼떨결에 말을 받았다.

"예?"

"흑도천상회가 이번 일과 아무 상관없다는 것을 내가 밝혀 주겠다는 소리야."

"그걸 왜 당신이……?"

"일단은 무림의 평화를 위해서라고 해 두지. 그전에…….”

설무백은 대답과 함께 턱짓을 해서 눈동자를 이리저리 굴리며 사태를 파악하기 위해 애쓰며 부약운의 곁으로 나서는 털북숭이 사내와 염자양을 가리켰다.

"저 친구들부터 먼저 돌려보내는 것이 좋겠군. 이번 일을 해결하는 데 저 친구들은 오히려 방해만 될 것 같으니까."

부약운이 잠시 생각하다가 털북숭이와 염자양에게 시선을 주며 물었다.

"그렇게 해 줄래요?"

그녀는 나름 정중한 태도로 덧붙였다.

"부탁해요. 자세한 설명은 나중에 돌아가서 해 드리죠."

"아니, 그 전에 우리에게 저쪽에 있는 젊은 건지 늙은 건지 모를 친구의 정체부터 밝히는 것이 순서로 보이는군."

부약운의 부탁이 끝나기 무섭게 염자양이 바로 나서며 붙인 말이었다.

설무백의 은발을 놀리듯 꼬집으며 그녀의 부탁을 거절하는 것이었다.

나름 정중한 태도를 취하고 있던 부약운의 눈빛이 대번에 싸늘해졌다.

어차피 그녀의 태도도 필요에 의한 시늉이지 완전한 진심은 아니라는 방증이었다.

아니나 다를까, 곧바로 나온 그녀의 대꾸가 그것을 대변했다.

"감찰사령은 서로에게 필요할 경우에만 정보를 공유하도록 되어 있지요."

지극히 사무적으로 대꾸한 그녀는 보란 듯이 빙그레 웃는 낯으로 어깨를 으쓱이며 말을 더했다.

"나는 정보를 공유하기 싫으니까, 필요하면 직접 얻어요."

염자양이 '그야 얼마든지'라는 표정으로 누런 이를 드러내며 물었다.

"나는 조금 거친 방법을 선호하는데 괜찮은 건가?"

부약운이 웃었다. 비웃음이었다.

"재밌겠네요."

염자양은 그녀의 비웃음에 감정이 더욱 상한 듯 잔뜩 일그러진 표정으로 설무백을 노려보았다.

부약운에게 풀지 못하는 감정을 설무백에게 풀려는 것으로 보였다.

설무백에게 건네는 말투부터가 그랬다.

"들었지? 둘이 어떤 사이인지는 몰라도, 이 몸에게 누구 덕분에 존중받을 것이라는 기대는 버리는 게 좋을 거다. 자, 우선 이름부터."

설무백은 웃는 낯으로 삐딱하게 염자양을 바라보며 말했다.

"내가 궁금한 건 이거다. 내가 왜 당신 질문에 대답해야 하지?"

염자양의 눈빛이 한층 더 흉흉해졌다.

그 상태로, 그는 입가에 서늘한 미소를 드리우며 대답했다.

"죽고 싶지 않을 테니까."

순순히 대답하지 않으면 죽이겠다는 소리였다.

염자양은 실제로 자신의 말이 거짓이 아니라는 듯 살기를 드높이고 있었다.

설무백은 대답 대신 픽 웃으며 부약운을 쳐다봤다.

그러자 부약운이 이미 자신의 손을 떠난 일이라는 듯 어깨를 으쓱해 보였다.

염자양이 같잖다는 듯 그들의 태도를 흘겨보고는 한층 더 삭막하게 일그러진 눈초리로 설무백을 노려보며 협박을 더했다.

"죽고 싶나?"

설무백은 한숨을 내쉬었다. 그리고 슬쩍 손을 들어서 자신을 향해 위협적으로 다가서는 염자양을 가리켰다.

단순히 가리키는 것이 고작인, 아무런 기세나 힘이 느껴지지 않는 손짓이었다.

하지만 그 순간에 염자양의 이마에 붉은 구멍이 뚫렸다.

순간적으로 발휘된 무극지의 한 수였다.

"……?"

절로 발길을 멈춘 염자양의 두 눈이 의혹의 빛이 떠올랐다가 사그라졌다. 그리고 곧 그의 이마에서 흘러내린 붉은 피와 허연 뇌수가 일그러진 그의 얼굴을 적셨다.

그는 이내 벼락 맞은 고목처럼 천천히 앞으로 쓰러져서 죽어 갔다.

잠시 장내에 싸늘한 고요가 내려앉았다.

이윽고 정신을 차린 부약운이 후다닥 움직여서 바닥에 쓰러진 염자양의 죽음을 확인하고는 설무백을 향해 버럭 소리쳤다.

"죽이면 어떻게 해요?"

설무백은 머쓱하게 대꾸했다.

"아까 그건 아무래도 좋다는 태도 아니었나?"

부약운이 황당한 표정으로 설무백을 쳐다봤다.

"그래도 죽이는 건 아니죠, 이 사람이 누군지 알고……."

설무백은 대수롭지 않게 말을 잘랐다.

"누군지는 알아. 과거 호남성 침주 일대에서 암약하던 마적 떼인 요수당의 두목 노릇을 하던 자잖아."

"그게 아니라, 이 사람은 우리 흑도천상회에서……!"

"그건 내가 몰라도 되는 일이야."

설무백은 거듭 말을 자르며 사뭇 냉담해진 눈빛으로 부약운을 바라보며 덧붙였다.

"내가 아는 건 이자가 과거 요수당의 수괴인 북망요수 염자양이고, 온갖 흉한 짓을 일삼았던 자라 내가 아니라 누구의 손에 죽어도 싸다는 거야."

부약운이 설무백의 싸늘한 기색에 당황한 듯 멀뚱히 바라만 보고 있었다.

설무백은 그런 그녀를 냉정하게 직시하며 말을 더했다.

"충고하는데, 나중에 흑도천상회에 돌아가면 필히 전해. 자꾸 이런 자를 수용하면 흑도천상회의 끝이 좋지 못할 거라고."

부약운이 잠시 머뭇거리다가 말했다.

"충고가 아니라 경고처럼 들리는 걸요?"

설무백은 대수롭지 않게 대꾸했다.

"그렇게 들렸으면 그런 거겠지. 아무거나 나쁘지 않아."

그러고는 슬쩍 시선을 돌려서 이러지도 저러지도 못하고 우두커니 서서 눈치를 보고 있는 털북숭이 사내를 향해 말했다.

"철벽나한(鐵壁羅漢) 왕진(王晉), 이제 얼추 상황 파악이 되었을 텐데, 이제 그만 결정하지? 어쩔 거야? 덤빌 거야, 아니면 조용히 물러나 줄 거야?"

털북숭이 사내, 쾌활림 소속이며 일곱 명으로 구성된 흑도천상회의 감찰사령 중 하나인 철벽나한 왕진이 어리둥절한 태도로 설무백을 바라보았다.

"나를 아시오?"

"알지."

"어떻게 아시오?"

"그냥 알아."

"난 그리 유명한 사람이 아니오만?"

"유명하든지 유명하지 않든지 그냥 다 아는 수가 있어."

시종일관 무심한 설무백의 대꾸에 왕진의 눈빛이 한층 더 의혹으로 달구어졌다.

설무백은 왕진의 입에서 다른 말이 나오기 전에 먼저 채근했다.

"그보다 대답은 해야지?"

털북숭이 사내가 잠시 뚫어지게 설무백을 바라보다가 이내 가만히 고개를 젓고 두 손을 들어서 항복을 표시했다.

"나보다 고수를 일수에 저세상으로 보내 버리는 사람을 내가 어쩌겠소. 그런 사람에게 찝쩍거릴 배짱은 내게 없소."

설무백은 그것으로 됐다는 표정으로 고개를 끄덕여 주고 나서 부약운에게 시선을 주며 돌아섰다.

"갑시다."

부약운이 따라나서기에 앞서 털북숭이 사내에게 말했다.

"여기서 보고 들은 그대로 보고해도 좋아요. 대신 저 사내가 누군지는 따로 조사할 필요도 없이 그냥 불문에 붙여 두면 고맙겠어요. 내가 돌아가서 보고할 테니까."

털북숭이 사내가 멋쩍은 기색으로 고개를 끄덕이는 것으로 그녀의 말에 수긍하고는 이내 넌지시 물었다.

"정말 이대로 저자를 따라갈 거요?"

"선택의 여지가 없어요."

부약운이 어깨를 으쓱하며 대꾸하고는 이내 웃는 낯으로 대수롭지 않게 한마디 더하며 설무백을 따라나섰다.

"아직 내 머릿속에는 저 사람을 막을 사람이 떠오르지 않으니까."

⚜

"여기는……?"

설무백을 따라 나선 부약운은 이윽고 저 멀리 무림맹의 담장이 시야에 들어오자 매우 놀란 기색이었다.

"설마 저기로 가는 건 아니죠?"

설무백은 왜 아니겠냐는 듯 빠르게 무림맹의 담장으로 접근하며 대답했다.

"들키지 말고 잘 따라와. 괜히 들켜서 일 꼬이게 하지 말고."

부약운이 어이없고 기가 막힌다는 듯이 말했다.

"설마 나를 이렇게 구슬려서 무림맹에 팔아먹을 생각인 건 아니죠?"

설무백은 그저 웃고는 어서 따라오라는 손짓을 하며 두둥실 떠올라서 무림맹의 담을 넘어갔다.

사전에 파악해 둔 무림맹에서 가장 경계가 허술한 사각지대라는 서쪽의 담이었다.

　부약운이 재빨리 그의 뒤를 따라붙었다.

　방풍목에 가리진 담 안쪽도 역시나 사전에 파악해 둔 것처럼 정원이었고, 경계를 서는 번초와 번초의 거리가 매우 멀리 떨어져 있어서 그는 그다지 신경 쓰지 않고 곧바로 목적지인 북쪽의 후원을 향해 이동할 수 있었다.

　그리고 도착한 후원 또한 사전에 이미 파악해 둔 까닭에 한 번도 본 적이 없음에도 매우 익숙하게 느껴졌다.

　설무백은 후원의 중동에 자리한 바위에 기대서 마지막으로 주변의 동정을 살피고는 이내 일어나서 서너 개가 나란하게 붙은 별채와 따로 떨어진 채 창문으로 희미하게 불빛이 비쳐 나오는 독채를 향해 다가갔다.

　부약운이 기민하게 뒤를 따라붙으며 속삭여 물었다.

　"대체 저기 누가 있는 거예요?"

　"아는 여자."

　설무백은 짧게 대꾸하고는 독채로 다가서서 문을 두드렸다.

　"나요. 해 줄 말이 있어서 왔으니, 잠시 시간 좀 내주면 고맙겠소."

　부약운이 화들짝 놀랐다.

　그녀로서는 당연한 반응이었다.

　지금 그들이 도착한 후원의 주변에는 얼추 대여섯 명의 번

초가 경계를 서고 있었다.

독채와는 제법 거리가 떨어져 있고, 또 그들의 행동이 은밀해서 들키지 않고 있는 것인데, 대체 이렇게 인기척을 내버리면 어쩌자는 것인가.

그러나 놀랍게도 그녀가 감지하고 있는 후원가의 번초들 중 그 누구 하나도 반응을 보이는 자가 없었다.

그녀는 그제야 알았다.

설무백이 내공을 발휘해서 주변을 차단한 것이었다.

그때 독채의 안에서 여인의 목소리가 들려왔다.

"이 야밤에 담을 넘어서 여인의 방문을 두드리는 사람이 뭐가 그리 당당해요?"

설무백은 대수롭지 않게 대꾸했다.

"해 줄 말이 있다고 하질 않았소. 도움을 받으려는 것이 아니라 주려는 것이니 당당하지 않을 이유가 없지 않겠소."

약간의 침묵이 흐른 뒤, 여인이 말했다.

"들어오세요."

설무백은 슬쩍 부약운을 일별하며 문을 열고 안으로 들어갔다.

넓은 방이었다.

하지만 방을 밝히는 등불은 하나뿐이었고, 그나마 작고 희미한 것이었기 때문에 매우 어두침침했다.

물론 설무백의 시각은 이미 빛과 어둠에 구애받는 경지를 벗어났기 때문에 방 안의 전경을 한눈에 볼 수 있었다.

휘장이 드리워진 사주침상을 배경에 둔 방 중앙에 둥근 탁자가 있고, 방의 주인인 여인이 방금 전까지 손보고 있던 것으로 보이는 자수틀을 옆에 내려놓은 채 거기 앉아 있었다.

남궁세가의 둘째 딸, 평소 어지간한 사내보다도 더 과묵한 성격이라 석지화라는 별호로 유명한 철혈검 남궁유아의 동생 남궁유화였다.

설무백은 잠시 묵묵히 남궁유화의 얼굴을 바라보았다.

조금 야윈 듯 보이는 그녀의 얼굴은 그래서 더욱 전보다 더 빼어난 미색이 드러나는 것 같았을 뿐, 무언가 그가 찾아보려는 다른 감정은 전혀 발견할 수 없었다.

남궁유화가 집요한 그의 시선을 의식한 듯 눈살을 찌푸렸다.

"뭐죠, 그 눈빛은?"

설무백은 애써 무심을 가장하며 인사했다.

"오랜만이오."

남궁유화가 설무백의 인사를 받는 대신 뒤를 따라서 들어오는 부약운을 곱지 않은 눈초리로 지켜보며 말했다.

"정말 도움을 주는 일이길 바라요. 안 그러면 감히 무림맹의 영내로 흑도천상회의 감찰사령을 데려온 죗값을 치러야 할 테니까요."

설무백은 별다른 내색 없이 말했다.

"우선 좀 앉아야 할 것 같지 않소?"

천외천의
주인

남궁유화가 대화를 주도하려는 설무백의 태도가 마뜩찮다는 듯 새삼 미간을 찌푸리고는 앉으라는 말 대신 냉정하게 쳐다보며 물었다.

"그다음은요?"

설무백은 그냥 의자를 빼서 남궁유화와 마주앉으며 말했다.

"당신의 언니, 남궁유아를 불러 주었으면 하오. 아무래도 무림맹의 일은 당신보다 그녀가 나서는 것이 더 유효할 테니 말이오."

남궁유화가 삐딱하게 바라보며 물었다.

"그런 용무였다면 애초에 제가 아니라 언니를 찾아가는 것이 낫지 않았을까요?"

설무백은 태연하게 고개를 저으며 말했다.

"행동은 그녀가 나을지 몰라도 생각은 당신이 낫지 않소."

남궁유화의 눈빛이 묘하게 흔들렸다.

잠시 그와 같은 눈빛으로 설무백을 바라보던 그녀가 물었다.

"왜 그렇게 생각하죠?"

설무백은 대답을 회피했다.

"이 자리에서 대답할 수 있는 문제는 아닌 것 같소만?"

남궁유화가 아직 자리에 앉지도 못한 채 서서 그들의 대화를 듣고 있는 부약운을 일별하며 말했다.

"괜찮아요. 당신이 안다면 그녀도 모르지 않을 것이라고 보니까요."

설무백은 과연 그럴 수 있겠다 싶어서 절로 고개를 끄덕이고는 이내 미소 띤 얼굴로 남궁유화를 쳐다보며 말했다.

"무림맹의 군사는 천애유사 제갈현도지만, 무림맹주인 화운자의 장자방이, 소위 숨은 지낭이 바로 석지화 당신이라서 하는 말이오."

남궁유화가 한 방 맞은 듯 멍청한 표정을 지었다.

그러나 잠시였다.

그녀는 이내 자신과 마찬가지로 적잖게 놀란 기색인 부약운에게 자리를 권했다.

"앉죠?"

부약운이 자리에 앉았다.

남궁유화는 그제야 밖에 있는 사람을 불러서 자신의 언니이기 이전에 무림맹의 전위대 중 천검대의 대주인 철혈검 남궁유아를 호출했다.

남궁유아는 한달음에 달려왔다. 그리고 놀람과 당황의 시간 뒤로 그들만의 이야기가 시작되었다.

다음 권으로 이어집니다

천외천의
주인

ROK
MEDIA

# 활 쏘는 대마법사

## 한시웅 퓨전 판타지 장편소설

**거침없는 팩트 폭격으로
드래곤조차 눈치 보게 만드는
극강의 꼰대! 아니, 최강의 궁신이 나타났다!**

유일하게 '신'이라 불리는 무인, 궁신 하철혁
자격을 시험받다 우화등선에 실패해
새로운 세상에서 눈을 뜨는데……

**내공이 한 줌도 없다?**

제로부터 시작하는 이세계 생활에 놀람도 잠시
처음으로 아버지라 느낀 존재가 살해당하고
그 뒤에 모종의 음모가 있음을 알게 되는데!

**이세계에서도 궁신의 신화는 계속된다!
군필도 두 손 두 발 드는 FM 정신으로
안 되는 것도 되게 하라!**

# 기어코 무대로

공원동 현대 판타지 장편소설

## "관심을 받으면 집중이 잘돼요."
### 사상 최강의 관종(?) 싱어송라이터가 나타났다!

데뷔 직전 사고로 인해 모든 것을 포기한 도원경
삼 년 뒤, 그에게 기적이 일어났다?

사람들의 시선을 받으면 능력이 발현!

너튜브 영상이 대박 나고
서바이벌 오디션 출연 제의까지?

도원경 사전에 더 이상 포기는 없다!
좌절을 딛고, 『기어코 무대로』!